Frank Neuland

Märchen und Sagen
für Erwachsene
Short Stories 1

Vom Mädchen, das
Menschenherzen liebte

Frank Neuland

Märchen und Sagen
für Erwachsene
Short Stories 1

Vom Mädchen, das Menschenherzen liebte

Bibliografische Information der Deutschen Nationalbibliothek:
Die Deutsche Nationalbibliothek verzeichnet diese Publikation in der Deutschen National-bibliografie; detaillierte bibliografische Daten sind im Internet über http://dnb.dnb.de abrufbar.

Bildnachweis: Canva

Herstellung und Verlag: BoD – Books on Demand, Norderstedt
ISBN: 9783744831574

I.

Alles begann mit diesem Mädchen, hervorgegangen als unwürdige Frucht aus der hemmungslosen sexuellen Betätigung eines überzeugten Pfaffen in seiner Frau, die er als Hauswirtschafterin und Köchin in seinem Besitz hielt. Es gab Wochen, während derer er von Montag bis Samstag enthaltsam war, ihm das Zwiegespräch mit Gott und seiner Dreifaltigkeit genügte, ja, Ruhe in seinem rebellischen Körper einkehren ließ. Jedoch am Tag des Herrn, Sonntag, nach der Heiligen Messe erhitzte sich seine Leibesmitte und so war es ihm nicht mehr möglich, den dann unerträglich werdenden Druck in seinem Unterleib ausschließlich durch Beten und Hinwendung zum Heiligen Geist im Zaum zu halten oder womöglich gar zum Verschwinden zu bringen. Das Problem verstärkte sich zusätzlich, wenn er der ihn mit ihren frechen Blicken und anzüglichen Gesten provozierenden beiden Weiber in der ersten Bankreihe ansichtig wurde. Sie hatten einen zweifelhaften Ruf, so viel war ihm bei seinen vorsichtigen

Nachforschungen zugetragen worden. In einem kleinem Vorort der großen Hauptstadt des Königreichs lebend, tratschte man eben gerne ausgiebig und genüsslich über seinen Nachbarn. Im Vertrauen hatte ihm eine ihm geneigte Inhaberin eines Friseursalons zu verstehen gegeben, dass die beiden wohl in einer weltbekannten, speziellen Straße in der großen Stadt ihre Dienste anbieten würden.

Er fühlte, wie seine Männlichkeit sich unter der Kutte aufzurichten begann, bereit, den Kampf gegen jeden sich bietenden warmen, feuchten Schoß aufzunehmen, ihn aufzuspießen. Sein Gesicht rötete sich, seine Stimme krächzte. Auf der Kanzel stehend war es der seinen Worten aufmerksam lauschenden Gemeinde Gott sei Dank verwehrt, seine körperliche Erregtheit zu erkennen.

Endlich, er hatte es wieder geschafft, seine Schäfchen zu manipulieren und seine Predigt aus einer Mischung von Zuckerbrot und Peitsche war ein voller Erfolg geworden. Beifälliges Gemurmel aus der Menge befriedigte seinen Geist. Jetzt war sein Fleisch dran, den ihm zustehenden Anteil zu bekommen. Beschwingt eilte er in das nahe gelegene

Pfarrhaus – der Wollust entgegen. Noch während er eintrat, öffnete er seine Hose an der richtigen Stelle. Seine Frau, aus der Küche kommend, wusste sofort, welche Aufgabe ihr nun der Himmel auferlegen würde. Ihre Ahnung hatte sie in dieser Hinsicht noch nie getrogen, weshalb sie den Sonntagsbraten bereits fertig gestellt hatte und im Ofenrohr warm hielt. In weiser Voraussicht hatte sie keine Unterwäsche angezogen, so dass ihr Herr und Meister ohne Verzug, nur ihren Rock und die Schürze musste sie hastig raffen, ihre Auster mit einem kräftigen Stoß seines harten Speers öffnen konnte. Heftig warf er sie über den Küchentisch und bestieg sie rücklings mit einer Mischung aus Begierde und Rücksichtslosigkeit, ohne auf das Geschirr des bereits gedeckten Esstisches zu achten. Später genoss er, selig lächelnd, das Essen in trauter Zweisamkeit mit dieser Frau, die sich so trefflich seinen Wünschen und Lüsten unterwarf.

Mitte Juli geschah es. An einem regnerischen, eher kühlen Samstag. Die Frau des Pastors erwartete ein Kind; Frucht ihres Leibes aus der seinerzeitigen, heftigen Sonntagsaktion ihres Mannes. Sie war mit der

Hebamme allein. Der Kirchenmann war bereits am Vorabend in das benachbarte Fürstentum aufgebrochen, wo ihm vor einiger Zeit eine besser dotierte Stelle angeboten worden war. Schon lange war ihm das Reich seines Königs Konradin I. ein Dorn im Auge, vor allem wegen des sprachlichen Singsangs, den der König pflegte. Zudem interessierten sich unaufhörlich weniger Menschen für seinen Gott; sie verlachten und verspotteten ihn. Allein dieser Umstand stieß ihn so nachdrucksvoll ab, dass er in das Nachbarland auszuwandern beschloss. Dessen Grenze war zwar mit massivem Stacheldrahtverhau und Splitterminenanlagen gesichert, welche die Einwohner an der Flucht aus dem Land hindern sollten, aber das störte den Widerling im Weiberrock nicht wirklich. Vielmehr erhoffte er sich dort mehr Beachtung. Die unmittelbar bevorstehende Geburt seines Kindes interessierte ihn in diesem Zusammenhang auch nur am Rande. Die Reise kam ihm zum jetzigen Zeitpunkt sogar gelegen, dachte er doch mit gewisser Abscheu an das Geplärr des Kindes und an die Tatsache, zunächst als Folge der Geburt auf traute Nächte mit seiner Frau verzichten zu müssen. Zur Ehre des Herrn war er zwar auf manches zu verzichten bereit, aber er wusste auch, dass ihn der Teufel unweigerlich verführen würde. Außerdem mochte er das Kind schon heute nicht, obwohl es noch gar nicht geboren war. Hoffentlich hatte der Herr ein Einsehen mit ihm und schenkte ihm wenigstens einen Sohn. Diese Gedanken gingen dem Schwarzrock durch den Kopf, während seine Frau am späten Nachmittag niederkam. Der Geburtsvorgang ging sehr schnell, das Kind wollte in die Welt. Es war ein Mädchen. Alles andere als ansprechend, geschweige denn schön zu nennend war ihr Äußeres. Die Hebamme verzog ihr Gesicht zu einem süßsauren Lächeln, als sie seiner Mutter das kleine Wesen auf die Brust legte. Doch für diese war es das schönste Mädchen der Welt. Und die Welt empfing dieses menschliche Wesen neutral und unbedarft, bereit, ihm das zu geben, wonach ihm verlangte.

Dem Vater war das Mädchen auf Anhieb unheimlich. Eine Woche nach dessen Geburt war er wieder heimgekehrt. Die Reise hatte sich gelohnt, war sogar ein voller Erfolg für ihn gewesen. Der persönliche Sicherheitsberater des Regierenden Fürsten Erich I., der überaus listige und verschlagene Erich Milch, hatte ihn empfangen und zu

guter Letzt am Ende der Besprechung eingeladen, zukünftig für das und im Fürstentum
zu wirken. Die in Aussicht gestellte hohe
Position nebst attraktiven finanziellen Vor-
teilen taten so unverzüglich ihre Wirkung im
Gehirn des Klerikers, dass er spontan zu-
sagte, die Seiten zu wechseln, um fortan in
den irdischen Gefilden des Fürsten Gottes
Wort zu verkünden. Das jedoch lag nicht in
der Intention des gerissenen Erich Buch-
ecker, der den doofen Pfaffen vielmehr als
Spion sowohl gegen das eigene Volk als
auch gegen das Konradin-Königreich einzu-
setzen gedachte. So kam es, dass beide
meinten, eine Win-Win-Situation erzielt zu
haben. Auf dem Weg zu der einfachen Pen-
sion, in der er ein Zimmer gemietet hatte,
kam er am Gasthaus Zum Roten Teufel
vorbei. Ei, was soll's, dachte er bei sich. Der
Name soll mich nicht weiter stören, der Herr
wird mich schützen, aber dort drin gibt es
bestimmt ein leckeres, kühles Bier vom
Fass. Das habe ich mir heute redlich verdient. So sprach er zu sich selber und trat
daraufhin schwungvoll ein. Die rauchge-
schwängerte Gaststube war halb voll mit
männlichen Gästen, deren Blicke sich neu-
gierig dem Fremden zuwandten. Eilig suchte
sich der Schwarzgekleidete einen Sitzplatz

an einem der leeren Tische. Das Gemurmel und die Gespräche der Gäste setzten wieder ein. Die dralle Kellnerin erschien und fragte ihn nach seinem Wunsch. Er bestellte ein großes Bier. Sein Blick fiel auf eine Tafel, auf der frische Goldbroiler angeboten wurden.

„Was sind Goldbroiler?", fragte er die wartende Kellnerin.

Er sei wohl nicht von hier, meinte sie zunächst, um ihn dann aufzuklären, dass es sich um marinierte, knusprig gebratene Hähnchen handelt. Erst jetzt fiel ihm auf, wie leer sich sein Magen anfühlte. Flugs bestellte er einen Broiler. Er sah der Kellnerin nach. Unter ihrem Kleid zeichneten sich gar prachtvolle Brüste und kräftige Backen in der Leibesmitte ab. Das wäre das ideale Dessert, dachte er sich.

Er hatte vorzüglich gegessen und getrunken. Zuviel getrunken, so dass er sich nicht mehr erinnern konnte, wo denn nun seine Unterkunft lag. Er war der letzte Gast. Die Kellnerin, die gleichzeitig auch die Wirtin des Gasthauses war, schlug ihm vor ein Zimmer in ihrem Haus zu nehmen und sich hier ordentlich auszuschlafen. Nichts lieber als das, sagte er sich. Er ließ sich das Zimmer zeigen. Zufällig war es das Schlafzimmer der kernigen Frau Wirtin. Beide waren sich über das einig, was vor dem Schlafen zu erledigen war und taten es mehrere Male hintereinander und das mit brünstiger Wonne. Danach nahm ihn Morpheus, Gott des Schlafes und der Träume, in seine fürsorglichen Arme.

Wieder in die heimatlichen Gefilde zurückgekehrt, sah der geistliche Herr sein Kind nun zum ersten Mal. Er nahm das Mädchen in seine Arme. Sie blickten sich beide in die Augen. Der Vater erschrak. Das waren die kalten, erbarmungslosen Augen einer Schwarzen Mamba, mit denen ihn sein eigen Fleisch und Blut betrachtete. Manches hatte er erwartet, nur nicht diese seelenlosen Augen von einem wässrigen Blau. Beängstigend in ihrer Herzlosigkeit, bereit, ihm bei der geringsten falschen Bewegung unverzüglich den tödlichen Biss beizubringen. Fieberhaft schlug er das Kreuz über dem Mädchen. Hastig gab er das Kind wieder in die Arme seiner Frau. Ein eisiger Schauer lief seinen Rücken herunter. Seine Frau sah ihn verständnislos an, während er sich einen doppelten Korn einschenkte. Dann begann er von seiner Reise zu berichten, allerdings ohne die geile Nacht zu erwähnen. Obwohl seine Frau mit dem Ergebnis nicht glücklich war, unterdrückte sie ihre Gefühle und fügte sich wie üblich den Wünschen ihres Mannes, der darauf bestand, bereits innerhalb der kommenden vierzehn Tage den Umzug in die fremde, neue Welt zu bewerkstelligen. Vorher musste jedoch ein Name für das Mädchen gefunden werden, damit dieses bei den königlichen Behörden als lebend vorhanden angemeldet werden konnte. Da sich der Vater bei der Namensfindung deutlich zurückhielt, fiel es der Mutter zu, einen passenden Vornamen für das Mädchen zu erdenken. Gleich nach der Geburt hatte sie eines Nachts einen Einfall. Engel sollte es heißen, ein ungewöhnlicher, anmaßender Name, wie der Pfaffe fand. Doch so geschah es.

Die Jahre gingen ins Land. Der Pfarrer tat zuverlässig das, weshalb er ins Fürstentum gekommen war. Er fand Anerkennung bei seinen Gönnern und war es recht zufrieden. Er hatte sogar das fürstliche Geheimseminar für Indoktrination & Bluff besuchen dürfen, das er mit einem herausragenden

Abschluss bestand. Dies veranlasste ihn, dem Volk noch intensiver die einzig wahre Wahrheit der fürstlichen Klugheit näher zu bringen. Seine Frau arbeitete ihm zu, indem sie sich als Lehrerin für die kleinen Volksgenossen verdingte und dafür sorgte, dass ihr Mann in den Kinderverwahranstalten seine Reden schwingen konnte. Wie sagte der allwissende Fürst immer wieder? Bei den Kindern müsst ihr ansetzen. Ihre noch offenen Gehirne mit unserer Weisheit füllen, das ist das Geheimnis, gefügige Menschen heranzuziehen. Ja, und so hielten es die beiden großartigen Eltern selbstverständlich auch mit ihrem Engel. Mit großen Glubschaugen hörte das Mädchen zu, wie ihr die Welt erklärt wurde. Sie war ungemein untertan, besuchte gerne die fürstliche Schulverwahranstalt und lernte tüchtig, was mit Bestnoten belohnt wurde. So blieb es nicht aus, dass gegen Ende der Schulzeit ein Schreiben der fürstlichen Universitätsverwaltung ins Haus flatterte mit der Aufforderung, das Mädchen Engel möge sich zu einem bestimmten Termin in der fürstlichen Universität der Hauptstadt einfinden. Der Vater wusste sogleich, welche Bedeutung diese Anweisung in sich trug. Seine Tochter würde studieren dürfen und damit zukünftig zur Elite des Landes gehören. Stolz wie ein Hahn trug er diese Auszeichnung seines Kindes fortan vor sich her.

Das Mädchen Engel tat sich in der neuen Rolle als geförderte Studentin leicht, so angepasst und widerspruchslos sie in all der Zeit geworden war. Lediglich die Entscheidung für ein bestimmtes Fach fiel ihr zunächst schwer. Sogenannte Schwafelwissenschaften kamen für sie nicht in Frage – eher schon liebäugelte sie mit naturwissenschaftlichen Studiengängen. Letztlich entschied sie sich nach gründlicher Beratung und Überlegung für das Studium der Biologie. Vielleicht gerade deswegen, weil einer der Zulassungsprüfer ihre als Frau grundsätzlich inferiore Stellung für dieses Studium beklagte. Dies brachte eine innere Wendung ihrer bisherigen Sichtweise im Hinblick auf die Gesellschaft mit sich. War sie doch bisher gehätschelt und gelobt worden, so erlitt sie regelrecht einen Schock ob diesen Vorwurfs. Nach außen hin versuchte sie beherrscht zu wirken, jedoch in ihrer Psyche brannte es lichterloh. Wochenlang plagten sie des Nachts die Teufel des Albtraums. Sie würde sich für die erlittene Schmach revanchieren, nein, sie würde sich rächen. So ein-

fach war die Sache nicht. Blut musste flie-
ßen. Die ersten Umrisse eines schlangenar-
tigen Plans begannen sich abzuzeichnen. In
den folgenden fünf Jahren ihres Studiums
würde sie ihn ausfeilen, immer wieder in der
Praxis Details präzise verwirklichen, und
ihn letztlich diktatorisch durchsetzen. Be-
hutsam und vorsichtig würde sie vorgehen,
um ja nicht die Wucht des Erfolgs zu gefährden.

Während der beiden ersten Jahre vertiefte
sie sich in das Studium, hatte wenig Kontakt mit den Mitstudierenden. Studentische
Feiern mied sie nach Möglichkeit. Sie galt in
gewisser Weise als Außenseiterin. Eines Tages, inmitten der Semesterferien, war ihr
jedoch so langweilig, dass sie nicht umhin
konnte, an einer studentischen Party im
fürstlichen Garten teilzunehmen. Der regierende Fürst hatte in einem Akt kolossaler
Gnade die Studierenden dazu eingeladen.
Die fürstliche Großküche tat das Ihrige dazu
und versorgte die Feiermeute mit Goldbroiler und Kartoffelpampe. Die Schlossbrauerei
lieferte süffiges Pils und Weizenkorn in
Menge. Da ließen es sich die Feiernden
nicht nehmen, mehr als tüchtig zuzugreifen.
Auch das Mädchen Engel, ansonsten sehr

zurückhaltend, was das Trinken von Alkohol in jeglicher Form anging, ließ zum ersten Mal ihre Zurückhaltung fallen. Allerdings hatte das vor allem mit ihm zu tun: Ulfried hieß er und mit seiner bescheidenen, ruhigen Art übte er starke Anziehungskraft auf Engel aus. Er hatte sie eine ganze Zeit beobachtet, um sie dann, als sie ihn dabei ertappte, anzulächeln. Bei mehreren gemeinsamen Krügen Schlosspils kamen sie sich immer näher. So nahe, dass sich Engel dem Luzifer der Unzucht hingab, was eine unerwünschte Folge in ihrem Körper erzeugte. Die Katastrophe war perfekt. Ulfried war der erste Mann gewesen, der in ihren Schoß eindringen durfte. Aber dass da gleich ein neues Wesen entstehen sollte, nein, das war nicht beabsichtigt und durfte deshalb nicht geschehen. Sie behielt ihr Geheimnis für sich solange es sich verheimlichen ließ, beschaffte sich unter der Hand Literatur, die sich mit Abtreibung befasste. Doch das Schicksal hielt bereits die Lösung parat. Durch Zufall traf sie während eines Spaziergangs im fürstlichen Jagdrevier auf eine hässliche Alte, die, auf einer Bank am Waldweg sitzend, ein gar ekelhaft stinkendes Kraut paffte. Mit intensiver, merkwürdig klingender Stimme sprach sie Engel an.

„Komm, mein Engel", sprach sie verführerisch „setz dich ein wenig zu mir und rauch mit mir diesen Wundertabak. Danach wird es dir wieder wohl ergehen, denn ich sehe dir an, dass du krasse Sorgen hast."

Engel wollte dieser Einladung nicht nachkommen, es fröstelte sie bei dem Gedanken daran. Aber ihre Beine waren es, die sie zwanghaft hin zu der Fremden führten.

„Nimm nur Kind!", meinte diese und steckte ihr eine bereits angezündete Zigarre in den Mund.

Eine magische Kraft zwang sie ungestüm an ihr zu saugen. Plötzlich verwandelte sich der beißende Rauch in aromatischen Duft, so dass Engel gar nicht genug von diesem bekommen konnte. Buntscheckig wurde der Wald plötzlich, bis er von einem gellenden Schrei des Schmerzens, der ihrem Mund entsprang, ins trostlose Grau sich wandelte. Zwischen ihren Oberschenkeln breitete sich mit Blut vermischte Nässe aus, dazwischen ein menschenähnliches Geschöpf in seinen letzten Zuckungen. Verlangend riss Engel den Fötus an sich, verbiss sich in ihn, öffnete den kleinen Körper und verschlang dessen winziges Herz. In diesem Augenblick erkannte sie die furchtbare Wahrheit ihrer Tat. Niemals in ihrem weiteren Leben würde sie ein Kind bekommen. Auch die Liebe hatte sich für immer aus ihrem Dasein verflüchtigt. Sie war nun nicht nur allein, sondern einsam. Ein gar grausamer Fluch würde sie von nun an ihr Leben lang verfolgen. Die Sonne hatte für Engel ihren goldenen Glanz verloren – ein Klumpen flüssigen Bleis am Himmel hatte sie ab sofort ersetzt.

Es dämmerte bereits, als Engel, die von nun an als Engel des Todes existieren musste, mit grellen Kopfschmerzen erwachte. Mühsam richtete sie sich aus der liegenden Position auf, stützte sich auf ihren abgewinkelten Arm und verharrte so einige Zeit. Was war geschehen? Nur langsam kehrte die Erinnerung zurück. Doch dann tauchte schlagartig in ihrem Gedächtnis das Bild des Geschehens in aller Deutlichkeit auf. Sie sah an sich herab. Blut, rostrot, hatte ihre Kleidung durchtränkt und um ihren Mund herum eine blutige Kruste gebildet. So konnte sie unmöglich in ihre Studentenbude zurückkehren. Sie wusste, dass sich nur einige Gehminuten entfernt ein kleines

Rinnsal durch den Wald schlängelte. Dort konnte sie sich vom Blut und den sonstigen, an ihren Händen und am Körper anhaftenden Körperflüssigkeiten zumindest größtenteils reinigen. Die Dunkelheit würde bald hereinbrechen, sie vor neugierigen Blicken der Menschen schützen. Ein diabolischer Schrei entrang sich ihrem Mund, worauf ein engelhaftes, nicht enden wollendes Gelächter von Baum zu Baum sprang. Die reine Seele hatte das Herz des Monsters verlassen. Von nun an würde sie sich zeitlebens der Herzen ihrer Mitmenschen bemächtigen müssen, ansonsten sie wohl oder übel das Zeitliche bald segnen würde.

Das Studium neigte sich seinem Ende zu. Ihre Diplomarbeit würde wohl mit sehr gut bewertet werden. Eine Stelle bei der fürstlichen Akademie der Wissenschaften hatte sie sich deshalb bereits vor längerer Zeit sichern können. Ulfried seinerseits bedrängte sie bereits seit einem Jahr, ihn endlich zu heiraten. Schlussendlich gab sie nach. Es wurde eine bescheidene standesamtliche Hochzeit, bei der lediglich das Brautpaar und deren Eltern anwesend waren. Nur beim Essen im fürstlichen Ratskeller ließ sich Engels Vater nicht lumpen und spendierte den berühmten, nur in diesem Restaurant erhältlichen Wilderer Spieß ein Fleischgericht, das aus gegrillten viererlei Innereien, nämlich Herz, Lunge, Leber und Niere von der Wildsau, dem Reh, dem Feldhasen und dem Iltis bestand. Dazu wurde Schwarzhut Riesling kredenzt. Nach diesem Höhepunkt ihres kleingeistigen Lebens tauchte Engel ein in die Welt des wissenschaftlichen Arbeitens.

Der regierende Fürst Erich der Erste befand sich auf dem Höhepunkt seiner Macht. Und mit ihm der enge Kreis all derjenigen, die seit Jahren eine dicke Schleimspur um die Regierungsclique gelegt hatten, die sicherstellte, dass das Eindringen Fremder in diese Strukturen verunmöglicht wurde. Erich Milch hatte sich die Position des Ministers für Polizei und Justiz erobert, wozu auch die Geheimpolizei gehörte, im Volk Graukittel genannt. Die von seinen Graukitteln zusammengetragenen Informationen über praktisch jeden Untertanen verliehen ihm eine Machtfülle, vor der sich sogar der der Fürst fürchtete und sich vor seinem Spitzelminister sehr in Acht nahm. Dessen Spitzname im Volk lautete Spinne. Die Spinne entsann sich nun eines Tages wieder des Pfaffen und seiner Tochter. Flugs ließ sie sich deren Akten kommen. Was sie da so las, befriedigte sie ungemein. Die beiden hatten sich erwartungsgemäß entwickelt. Der Pfaffe lieferte regelrecht Fleißarbeiten ab, indem er jedes Detail der ihm von seinen Dumm-Schafen gebeichteten angeblichen Missetaten und sonstige Informationen peinlich genau aufgezeichnet hatte. Dessen Tochter hatte zwischenzeitlich ihre Diplomarbeit mit sehr gut abgeschlossen, worauf sie eine Karriere in der wissenschaftlichen Forschung begonnen hatte. Es war soweit. Nicht nur der Vater, auch seine Tochter musste von nun an in die Kontrolle und Überwachung verdächtiger und missliebiger Subjekte eingebunden werden. Das waren sie dem fürstlichen Staatsgebilde einfach schuldig. Die Spinne leitete die erforderlichen Maßnahmen ein.

Es lief nicht mehr gut in der Beziehung zwischen Engel und Ulfried. Eigentlich war die große Entfremdung eingetreten, als Engel damals vor einigen Jahren völlig entrückt nach Hause gekommen war. Sie hatte sich sofort im Badezimmer eingeschlossen und mehrere Stunden darin verbracht. Auf seine Fragen durch die geschlossene Tür hin, was mit ihr los sei, hatte er keine Antwort erhalten. Vielleicht lag es auch am Rauschen des Wassers, das sogar das laute Sprechen übertönte. Ulfried war verwirrt. Seine Verwirrung steigerte sich in den folgenden Wochen noch. Hatte sie auch ursprünglich eigentlich nicht die Liebe zusammengeführt, sondern vielmehr vor allem der Wunsch nach Geborgenheit und um nicht allein zu sein, so war auch dieses Gefühl inzwischen zusammen gebrochen. Engel entzog sich körperlicher Nähe. Ulfried kam nicht umhin, von Sex-Streik zu sprechen. Eine Woche nach der anderen verging. Wo sollte das hinführen, fragte er seine Frau. Er bekam lediglich ausweichende oder gar keine Antworten. Der Frust in ihm wuchs. So kam es, wie es kommen musste. Ein mitfühlendes Seelchen an seiner Arbeitsstelle erkannte die arge Not, in der er sich befand, und nahm sich seiner drängenden Misere an. Seine Laune stieg von Tag zu Tag, denn das Seelchen beherrschte das Spiel mit der Flöte gar trefflich. Der Tag nahte, an dem er seiner Frau kundtat, sich von ihr zu trennen und damit scheiden zu lassen. Engel war erleichtert. Selbst hatte sie seit diesem einschneidenden Vorfall immer wieder an Scheidung gedacht, da war es ihr sehr recht, dass sie nun der Verantwortung enthoben war. Immerhin hatten sie es sieben Jahre lang miteinander ausgehalten – aber, das verflixte Jahr sieben war ja für viele Paare das Schicksalsjahr schlechthin, was den Zusammenhalt von Mann und Frau anbetraf. Just in diesen Tagen trug es sich zu, dass eines Tages am späten Abend zwei Graukittel vor der Wohnungstür auftauchten und Engel auftrugen, sich am nächsten Tag pünktlich neun Uhr morgens auf der Kommandantur beim Abteilungsleiter auf Zimmer 100 zu melden. Sie wiesen Engel ausdrücklich darauf hin, dass weder sie noch ihr Ehemann mit fremden Personen darüber sprechen dürfe. Es wurde eine kurze Nacht für Engel, kaum vier Stunden konnte sie vor lauter Aufregung schlafen. Ulfried machte sich intensiv darüber Gedanken, was das wohl zu bedeuten hatte. In der Regel brachte eine Vorladung in die Kommandantur nichts Gutes mit sich. Wie dem auch sei, morgen würde es sich erweisen, was die Zukunft bringen würde.

„Jetzt ist sie gekommen. Sie sitzt im Vernehmungsraum", meldete der Untergebene.

Die Spinne nickte dem Mitarbeiter zu, der ihr Bescheid gesagt hatte, nahm die Akten auf und folgte ihm zu dem schalldichten Raum mit dem nur von der Außenseite durchlässigen Spiegel, wo sie kurz stehen blieb, um Engel zu betrachten. Selbst durch den Spiegel entging ihr die Unsicherheit nicht, die diese Frau ausstrahlte. So war es richtig, Unsicherheit und Angst der Menschen erleichterten das Geschäft. Als die Spinne den abgedunkelten Raum betrat, roch sie augenblicklich den Strom von Angstschweiß, der aus Engel herausbrach.

„Nu, nu, keene Bange, Kindchen...",

sprach sie beruhigend und setzte sich Engel gegenüber. Diese sah in ein verkniffenes Gesicht, das ihr sehr bekannt vorkam. Ja, schlagartig erkannte sie es: Es war die Spinne höchstpersönlich.

„Nu, mein Engelchen", bemerkte die Spinne mit verhaltener Stimme „ich habe nicht viel Zeit, kommen wir gleich zur Sache."

Routiniert und keinen Widerspruch duldend erklärte sie Engel den Ablauf ihres zukünftigen Lebens, was sie zu tun und was sie zu lassen hätte. Als die Spinne mit der Aufzählung endete und mit klarem, Eis kaltem Blick kurz in ihre Augen sah, wusste Engel, dass sie ohne Wenn und Aber diesem Mann gehorchen würde. Und wenn er ihr befehlen würde, von einer hunderte Meter hohen Klippe zu springen, würde sie es ohne Zögern tun.

„Ach ja", säuselte die Spinne beim Verlassen des Raums „du bist auserwählt. Vergiss das nie."

Noch völlig benommen von dem Erlebten betrat Engel ihre Wohnung. Ulfried war nicht zu Hause, worüber sie erleichtert war. Sie musste sich augenblicklich hinlegen. Ihr war schwindlig im Kopf und flau im Magen. Der Adrenalinschub hatte seine Wirkung gründlich getan. Du bist auserwählt... Was meinte die Spinne damit, ergab es einen tieferen Sinn? Das klang irgendwie geheimnisvoll. Engel grübelte darüber nach. Sie sollte doch lediglich Spitzeldienste leisten. Oder hatte die Spinne noch etwas anderes mit ihr vor? Etwas, das weit über Schnüffelei hinausging. Nun, wie auch immer, sie konnte es momentan nicht ergründen. Es würde sich im Laufe der Zeit herausstellen, wenn da Übles im Busch war.

Im Reich König Konradins war die Zeit auch nicht stehen geblieben. Konradin war längst verstorben, sein Sohn Rachebald der Gewaltige regierte jetzt das Land, das vor Wohlstand nur so strotzte. Rachebald wurde der Gewaltige genannt, weil er an die zwei Meter und zwanzig Zentimeter groß und von der Figur her wie ein Kleiderschrank gebaut war. Sein Lieblingsessen bestand aus Spanferkel. Fremde und Staatsgäste, die er zum Bankett lud, fielen fast die Augen aus dem Kopf, wenn sie seiner Fresslust ansichtig wurden. Das Volk hingegen berauschte sich an der Arbeit, jubelte und erklärte diese zur neuen Religion. Der Tanz um das goldene Kalb nahm immer groteskere Züge an. So blieb es nicht aus, dass die ganze Welt begehrliche, nein, sogar gierige Blicke auf diesen Reichtum warf. Andere Länder und Reiche sandten ununterbrochen nicht nur heftige Bettelbriefe an König Rachebald, sondern zudem auch Beauftragte in einem endlosen Strom in dieses gebenedeite Land, die auskundschaften sollten, mit welchen Maßnahmen, falschen Behauptungen und Tricks sich das

Königreich ausplündern ließe. Eingeweihte wussten, dass es einen bekannten Schwarzmarkthändler mit gar vorzüglichen Kontakten zur königlichen Regierung gab und setzten bevorzugt dort ihre Agenten an.

Engel arbeitete inzwischen loyal und fleißig und tat, was ihr von der Spinne aufgetragen worden war. Sie war ungemein geschickt und es fiel niemandem auf, wie sie ihre Mitbürger verriet. So lebte sie zunächst mehrere Jahre allein, bis sie auf den zu ihr passenden Mann traf. Er war devot, ordnete sich ihr von Anfang der Bekanntschaft an unter, so dass sich ein bedürfnisloses Zusammenleben ergab. Also heirateten sie. Berufsbezogen blieb es nicht aus, dass ihre Akte wieder auf dem Schreibtisch der Spinne landete. Ausgezeichnet, dachte sich diese, es ist an der Zeit, den nächsten Schritt bei Engel einzuleiten. Die Spinne war sich ihrer Sache sicher und rieb sich vergnügt die Hände. Fürst Erich I. hatte in seiner mentalen Kraft sichtbar nachgelassen, es trieb ihn zu oft in sein Lustschlösschen im Großen Wald, wo er sich der Jagd und dem Wodka hingab. Die Spinne hatte diese Entwicklung scharfen Auges beobachtet und beständig mehr Macht an sich gerissen. Ein

bedrohliches Problem spielte sich perma-
nent stärker in den Vordergrund. Es war
dies die Staatsverschuldung, die sich heftig
ausweitete. Das Fürstentum brauchte dringend Geld, sonst würde das Volk bald zu
murren anfangen. Was blieb schon anderes
übrig, als klammheimlich weitere Schulden
aufzunehmen. Aber wer gibt einem morbi-
den Staat schon Geld. Ja, wer denn? Da
kam doch nur der liebe, reiche Nachbar in
Frage. Und die Protagonisten des von der
Spinne im Hintergrund ausgedachten
Schauspiels standen auch schon fest. Dieser feiste Schwarzmarkthändler von der anderen Seite und auf seiner Seite das Engelchen würden dafür sorgen müssen, dass
wieder Geld ins Haus kam. Und das nicht
zu knapp. Alsbald ergab sich eine gar vor-
zügliche Gelegenheit für Engel, sogar kör-
pernahen Kontakt mit dem Lumpenhund
aus dem Reich des Königs Rachebald des
Gewaltigen aufzunehmen. In Pivko, der
Hauptstadt eines südlich des Fürstentums
befindlichen kleinen Königreichs fand dem-
nächst eine kolossale Sause statt, zu der
selbstverständlich auch der dort bestens
bekannte und vernetzte Schieber-Sepp eingeladen war. Die berühmtesten Sänger des
Landes würden das Volk unterhalten; Hö-

hepunkt war das Konzert mit der vom Publikum regelrecht angebeteten sogenannten Nachtigall, ein Sänger, der sich vor der Masse lüsterner Weiber nicht retten konnte, was ihm aber ehrlich gesagt sehr zupass kam. Die Spinne war selbstredend von ihren Spionen längst über alle Details informiert worden. Hurtig hatte sie veranlasst, dass Engel bei diesem Konzert neben Schieber-Sepp zu sitzen kommen würde. Alles Weitere war dann ihrer Geschicklichkeit vorbehalten.

Der große Tag war gekommen. Engel war aufgeregt, ihre Hände schweißnass. Gleich würde er kommen, der Herr über das Geld. Es ging um einen Betrag von nicht weniger als ein paar hundert Millionen Fiatgeld, die der Schieber-Sepp dem Fürstentum besorgen sollte. War er denn dazu überhaupt in der Lage, fragte sich Engel. Sie hatte keinen rechten Begriff davon, wieviel diese Geldsumme eigentlich war. Sie versuchte sich vorzustellen, wie hoch wohl ein Turm aus lauter Geldstücken reichen würde – bis zum Mond oder sogar darüber hinaus? In diesem Moment setzte er sich neben sie. Dickwanstig, laut schnaufend, sein Gesicht gerötet, aus seinem Mund Bierdunst verströmend.

Er lächelte sie an, machte ihr ein Kompliment. Schamhaft errötend lächelte sie zurück. Dann kamen sie ins Gespräch. Es wurde ziemlich schnell deutlich, auf was der Sepp Wert legte. Das war nicht das Konzert, war nicht das Trällern der Nachtigall auf der Bühne, sondern der dem Sepp eigene Balz-Gesang, mit dem er Engel einzulullen gedachte, um sich an ihr gütlich zu tun. Es gelang ihm leichter als erwartet, war es doch ein abgekartetes Spiel, mit dem Engel ihn einwickelte. Als er endlich von Engel abließ, sich mit erleichtertem Stöhnen von ihr trennte, da hielt sie den richtigen Zeitpunkt für gekommen, ihm die Wahrheit über ihren Auftrag zu offenbaren. Erst verblüfft, dann mit einem immer lauter werdenden, dröhnenden Lachen sah er sie an.

„Ja, so ein Luder...",

brach es aus ihm heraus, während er ihren verlängerten Rücken tätschelte. Es imponierte ihm, wie geschickt diese Halunken, wie er sie im Stillen bezeichnete, vorgegangen waren. Blitzartig war ihm durch den Kopf gesaust, dass er mit mindestens zehn Millionen in seine Tasche rechnen konnte. Denn eine Courtage in dieser Höhe für die

Vermittlung einer solch dubiosen Anleihe hielt er auf jeden Fall für durchaus angemessen. In seinen Gedanken entwickelte er schon einen Ausführungsplan. Noch am selben Tag reiste Engel zu ihrer Auftraggeberin, der Spinne zurück, jede Menge Informationen mitbringend, und vor allem die mündliche Zusage des Schieber-Sepp, diesen Deal durchzuziehen. Die Spinne lobte Engel für ihr ihre Tüchtigkeit und ihr Engagement in dieser Angelegenheit und überreichte ihr den sogenannten kleinen Dienstausweis. Damit war sie in die mächtige, geheime Gruppe der Graukittel aufgenommen.

Tatsächlich kam das Geldgeschäft zustande. Engels Aufgabe bestand nun darin, den Kontakt zu Schieber-Sepp und seinen Spezis aufrechtzuerhalten und nach besten Kräften zu pflegen, was sie auch leidenschaftlich betrieb, bescherte es ihr doch die Möglichkeit zu reisen. Sie staunte nicht wenig, wie anders die Menschen im Königreich Rachebald des Gewaltigen lebten. Alles war in Hülle und Fülle vorhanden, ob es sich um Lebensmittel, Möbel, ja, jegliche Konsumartikel handelte. Hier gefiel es ihr viel besser als im Fürstentum. Aber sie würde sehr vorsichtig vorgehen müssen, wenn sie eines

nicht zu fernen Tages in dieses Schlaraffen-
land wechseln wollte. Unter den Graukitteln
herrschte Misstrauen. Jeder überwachte im
Grunde jeden und die Spinne vernichtete
unerbittlich jeden System-Abweichler.

Im Reich König Rachebalds war Unerhörtes
geschehen. Das Volk hatte sich gegen seinen Herrscher erhoben. Und ihn abgesetzt.
Eine Stadtguerilla hatte sich klammheimlich
gebildet. Hetzredner traten an die Öffentlichkeit und verführten das Volk. Bomben-
leger versuchten das tägliche Leben zu stören. Dabei ging es den Menschen doch gut,
was wollten sie denn mehr? Eine neue, eine
andere Herrschaftsform wollten sie. Sie
nannten sie Republik. Republik Kakofonien.
Hier gab es keinen Monarchen mehr an der
Spitze des Staates, sondern Zusammen-
schlüsse unterschiedlich denkender Menschen, Parteien genannt, sollten das neue
Macht-und Gerechtigkeitszentrum bilden.
Engel stand dieser Entwicklung staunend
gegenüber. Sie befand sich in diesen Tagen
bei einflussreichen politischen Freunden in
Reblin, der Hauptstadt dieser neuen Republik. Es war schon nach Mitternacht, als sie
sich auf den Heimweg machte. Sie hatte in
einer gemütlichen Bar zweihundert Gramm

köstlichen, sechzig Prozent Alkohol aufweisenden Wässerchens zu sich genommen und schwankte jetzt ihrem Bett im nahe gelegenen Hotel entgegen. Ich nehme gleich die Abkürzung durch diesen kleinen Park, dachte sie bei sich. Ein mulmiges Gefühl machte sich in ihr breit. Vor ihr leuchtete ein roter Punkt, einem Glühwürmchen gleich. Was war das? Dann roch sie es. Dort vorne war eine Person, die eine Zigarette rauchte. Das rauchende Wesen sprach sie an. Es wollte Geld von ihr. Als Engel vor dem zusammengekrümmten Bündel Mensch auf der Parkbank stand, erkannte sie es als einen verwahrlosten Jungen. Ein Penner, einem verwilderten Hund gleichstehend. Dem Leben vogelfrei ausgeliefert. Ein mörderisches Gefühl nahm von Engel Besitz. Der Junge musste diesen Energiestoß anscheinend spüren, er hielt ihr plötzlich ein bisher versteckt gehaltenes Taschenmesser schützend entgegen. Tiefes, viehisches Grunzen antwortete ihm, als sie seine Hand mit dem Messer mühelos gegen ihn wendete, um seinen Brustkorb entlang der Rippen mit mehreren tiefen Schnitten zu öffnen. Sein Herz pulsierte verzweifelt. Sie riss es unbarmherzig an sich, verschlang es. Ein machtvolles Gefühl der Befriedigung machte sich psychisch und physisch in ihr breit. Kurz säuberte sie ihre Hände an der Kleidung des Herumtreibers. Mit jubelndem Hochgefühl strebte sie ihrem Hotelzimmer zu. Lediglich eine kleine Notiz war den Medien am nächsten Tag der Vorfall wert. Und Engel war, innerlich kalt wie ein Grönland-Eisberg, ohne weitere Regung zum Tagesgeschäft übergegangen.

Den neuen Machthabern der Republik Kakofonien war das Fürstentum des Erich I. gar bald ein Dorn im Auge. Dessen Staatsgebiet würde sich nach Ansicht der Regierung bestens dazu eignen, übernommen und in die Republik Kakofonien eingegliedert zu werden. Engel hatte inzwischen jede Menge politische Verbindungen aufgebaut, so dass man sie auserwählte, mit der Spinne über einen Staatsstreich zu verhandeln. Schieber-Sepp konnte nicht mehr nützlich sein, denn er war derweil verstorben. Aber es hatte ihn ein schöner Tod ereilt. Sein Herz machte nicht mehr mit, während er auf einer prallen Mulattin liegend, deren Feuchtbiotop mit seinem Rüssel einen harten, aber herzlichen Besuch abstattete. So wurde Engel also bei der Spinne vorstellig, um den Putsch vorzuschlagen. Spinne war

über die Jahre gealtert und insofern kriegs-
müde geworden. Als Engel den Vorschlag
überbrachte, ihm gegen Zahlung von zwei
Milliarden Fiatgeld auf Konten bei Banken
auf den Cayman Islands und US-Virgin Islands den Lebensabend zu versüßen, sofern
er für den Zusammenbruch des Fürstentums sorgen würde, war er sofort mit im
Boot. Einen Monat später, er hatte die erste
Hälfte des Judaslohns überwiesen bekommen, begann er damit, aus den geheimen
Akten brisante Informationen über den
Fürsten und seine Clique durchsickern zu
lassen. Das Volk reagierte prompt und auf-
ständisch, fegte den Fürsten hinweg. Schon
lange hatte es missgünstig auf die Menschen nebenan und ihren Wohlstand ge-
blickt. Jetzt rächte es sich, dass die fürstliche Vetternwirtschaft den Bezug zum Volk
verloren hatte. Engel wurde in die Verhand-
lungen über den Zusammenschluss der beiden Länder mit eingebunden. Sie erwies
sich als trefflicher Wendehals, sodass ihrem
beruflichen Aufstieg nichts im Wege stand.
Es dauerte nur kurze Zeit, bis sie sogar den
Posten einer Ministerin ergaunert hatte.

Jahre vergingen, in denen Engel ihre Macht
beständig ausbaute – bis der Tag ihres größ-

ten Triumphs nahte. Im Verrat begehen hatte sie es zweifelsohne zur Meisterschaft gebracht. Nun stand in einem halben Jahr der, wie sie ihn in internen Zirkeln süffisant nannte Wahlkrampf bevor, welchen derjenige Politiker gewinnen, würde, der die plausibelsten Lügengeschichten von sich gab. Das war anstrengend. Da empfahl es sich für sie, vorher noch einen zweiwöchigen Urlaub zu machen. Ameristan wollte sie besuchen. Das Land, das vom heiligen schwarzen Mann regiert wurde. Schon seit langem bewunderte sie ihn, mit welcher Doppelzüngigkeit er sich seinem Volk und der Welt präsentierte. Unterstützt wurde er dabei von einer Frau namens Hellary, die nebenbei als Oberhaupt des Vereins für heiße Pädophilie fungierte. Dieser Verein war im ganzen Land im Verborgenen tätig und hatte landesweit abertausende hedonistische Mitglieder. Jährlicher Höhepunkt des Vereinslebens war das an einem geheimen Ort stattfindende Schlachtfest, bei dem die Kinder, nachdem sie nicht mehr in der Lage waren die an ihnen ausgeübten Freuden weiter hinzunehmen, ihrer endgültigen Verwendung zugeführt wurden.

Engel staunte nicht schlecht, als sie völlig überraschender Weise am Flughafen von zwei dunkel gekleideten bulligen Typen mit Sonnenbrillen und Knopf im Ohr empfangen wurde, die sie ausgesucht höflich begrüßten. Sie führten die deutsche Politikerin zu einem bereitstehenden schwarzen SUV mit ebenfalls schwarz verdunkelten Scheiben. Während der Fahrt erläuterten sie der kakofonischen Politikerin, dass sie in einem Luxus-Hotel nahe des sogenannten Black House wohnen würde. Morgen würde sie abgeholt werden zum Lunch mit dem Black Man im Black House. Das gefiel ihr wohl. Pünktlich wurde sie am nächsten Tag abgeholt und im dreieckigen Office vom Black Man herzlich begrüßt. Anschließend begab man sich in den Speiseraum. Engel war essensmäßig nicht verwöhnt, deshalb tat sie sich ein wenig schwer mit den aufgetischten Gaumenfreuden. Ein peinlicher Moment entstand, als sie den Hummer knacken wollte, dieser ihrer Zange aber entkam und vom Teller in Richtung des Gastgebers sauste. Dieser nahm ihn auf, legte ihn wieder auf ihren Teller und aß in aller Ruhe weiter. Was Engel nach dem Mahl sodann bei einem ausgezeichneten Molinari Espresso Doppio und Molinari Sambuca mit drei original italienischen Kaffeebohnen, verkündet wurde machte sie zunächst sprachlos. Dann wurde ihr nach und nach die Brisanz dessen, was der Black Man ihr vorschlug, bewusst. Sie durfte das Angebot überschlafen, am nächsten Tag musste sie sich jedoch entschieden haben. Mit verschwörerischem Lächeln entließ sie der wichtige Mann, nicht jedoch ohne sie auf die Geheimhaltung um jeden Preis hinzuweisen. Ein Verstoß dagegen würde auf der Stelle ihre Abschlachtung nach sich ziehen. Noch auf dem Weg zur Tür drehte sich Engel um, räusperte sich kurz und gab ihre Zusage.

„Das machst du richtig", sagte er erfreut lächelnd, „bis bald, meine liebe Aabidah...".

Am nächsten Tag begab sie sich, eine Blutspur hinterlassend, auf einen Raubzug durch das weite, ehemalige Land des Häuptlings Tinnewu. Als sie das weitläufige Land wieder Richtung Kakofonien verließ, weinten drei Familien um ihre spurlos verschwundenen Kinder. Man würde sie erst finden, wenn Satan seinem Blutengel schon lange wieder Schutz und Sicherheit in seinem Versteck geboten hatte.

II.

Ihr Gegner Hagen, der bisher die Macht in Kakofonien innehatte, machte ihr zunächst schwer zu schaffen. Wie ein Brüllaffe hatte er im Wahlkampf auf das Stimmvieh verbal eingedroschen, so dass es zum Schluss hin aussah, als hätte er gewonnen. Doch die letzten Wahlzettel gaben den Ausschlag. Seine Gegnerin Engel hatte mit einigen hundert Stimmen Vorsprung am Ende den Sieg davon getragen. In den vergangenen zwei Wochen vor der Wahl hatte sich Hagen mit endlosen Koks-Lines vollgepfiffen, so dass er ohne Schlaf auskam. Aber auch diese Maßnahme erwies sich als vergeblich. Ein Nervenzusammenbruch warf ihn daraufhin nieder, weshalb er die Privatklinik eines berühmt-berüchtigten Psychiaters aufsuchte, um sich psychisch wieder zu kräftigen. Engel hingegen durfte sich fortan Präsidentin und Generaldirektorin von Kakofonien nennen. Bewährte Schleimbeutel und Arschkriecher waren natürlich sofort zur Stelle, ihr das Amt zu versüßen, indem sie einen Vier-Sterne-Koch engagierten, eine gepanzerte Limousine mit einem 20-Zylinder-

Motor anschafften, und weitere angenehme Dinge. Nachdem Engel ihren Schreibtisch mit persönlichen Sachen eingeräumt hatte, beschloss sie einige Tage in ihrer am Rande eines Naturparks gelegenen Datsche zu verbringen, bevor sie mit Durchregieren beginnen wollte. Außerdem fühlte sie Heißhunger in sich aufsteigen. Gesagt – getan. Sie machte es sich in ihrer luxuriösen Dienstlimousine bequem. Am frühen Abend traf sie dort ein. Sie zog sich hastig um und begab sich in die Natur. Sie kannte das Mayday-Kinderdorf bereits von früher und richtete ihre Schritte auf das Dorf hin. Wie sie gehofft hatte, traf sie bald eines der dort betreuten Waisenkinder, das sich auf dem Heimweg befand. Mit zuckersüßer Stimme sprach sie das einfältige Mädchen an. Sie habe ein Stückchen weiter im Wald mehrere Fuchswelpen gesehen. Ob das Mädchen sie auch anschauen wolle, fragte sie mit triebhafter, rauer Stimme die Kleine. Am folgenden Tag war das Kinderdorf in höchstem Aufruhr. Man hatte das Kind vermisst. Eine Suchmannschaft, gebildet aus Polizei und Feuerwehr fand es schließlich, verborgen unter einem struppigen Busch; der Anblick war Grauen erregend. Faszinierend fand hingegen Engel ihre Idee, am Grab eine

Trauerrede zu halten. Innerlich konnte sie sich nur mit Hängen und Würgen beherrschen und wollte eigentlich losprusten, als sie die belämmerten Gesichter der Trauergemeinde vor sich sah. Nachdem sie geendet hatte kamen insbesondere mehrere alte Leute zu ihr um tausend Dank zu sagen für diesen schönen, bedeutungsschwangeren letzten Gruß.

Engel regierte gierig und verschlagen. Sie hatte beschlossen, die eroberte Krone der Macht um jeden Preis zu verteidigen und sich in ihrem virtuellen Adlernest auf dem Gipfel für immer einzurichten. Erst dann, wenn sie halb mumifiziert war, wollte sie sich aus der Öffentlichkeit zurückziehen. Reich würde sie auf jeden Fall bis dahin sein, das hatte ihr der Black Man versprochen. Und einen atombombensicheren Bunker würde sie auf einem bereits erworbenen, großzügig bemessenen Areal in einem anderen Kontinent bis dahin auch bauen lassen. Nun, die Zukunft sah durchaus rosig aus, bestätigte sie sich mit Behagen. Als Präsidentin und Generaldirektorin von Kakofonien tat sie sich keinen Zwang an, jeden, der es wagte ihr zu widersprechen oder gar Kritik an ihrem Regierungsstil zu üben, ohne Pardon über die Klinge springen zu lassen. Sie hatte sich ein perfides Spiel dahingehend ausgedacht, dass sie ihre politischen Leibeigenen besonders lobte, bevor sie diese im Anschluss daran zum Teufel schickte. So sorgte sie für eine absolut hörige Meute um sich herum. Das in seiner Masse doofe Volk vernahm demnach nur Schalmeienklänge, wie wundervoll die Chefin doch sei. Die Menschen kümmerten sich in diesem vernebelten gesellschaftlichen Milieu nicht mehr um das, was wirklich wichtig gewesen wäre, sondern bemühten sich lediglich darum, die neueste bunte Blechkiste mit Reifen, fünfzig Zentimeter breit, die jetzt erhältlichen zehn Quadratmeter messenden Hauskinoapparate und sonstigen technischen Schnickschnack zu erwerben. Natürlich meistens auf Pump. Die Realität war auf unbestimmte Zeit in Urlaub geschickt worden. Nun hätte alles so schön sein können, wenn nicht immer mehr Störer in der Gesellschaft ungestraft ihr Schandmaul aufgerissen und dadurch Unruhe ins Volk getragen hätten. Diese Stinktiere behaupteten doch allen Ernstes, Engel sei früher eine Spionin gewesen und damit für eine größere Anzahl unschuldig im Zuchthaus verschimmelter Figuren verantwortlich. Engel

46

beschloss, ihr angekratztes Image zu verbessern. Sie beauftragte ihren Adlatus für Public Relations einen entsprechenden Plan auszuarbeiten, der durchschlagenden Erfolg versprechen würde. Kosten spielten keine Rolle, denn die Steuern sprudelten fett und sowohl sie als auch ihre Clique konnte sich hundsmäßig mästen. Das Faktotum nahm also mehrere Millionen in die Hand und beauftragte Marketingexperten, sowie eine juristische Kanzlei, die in einschlägigen Kreisen als besonders ausgekocht galt, weil sie im Erfinden betrügerischer Konzepte berüchtigt war, und dazu noch eine weltweit tätige Werbeagentur mit der Ausarbeitung eines schlagkräftigen Plans. Der Berg kreißte und gebar ein Konzept gleich einem Mäuschen. Dieses bestand darin, dass die Frau Präsidentin und Generaldirektorin ihr wohlgesonnene ausländische Präsidenten und gekrönte Häupter zu einer deftigen Bierreise in das von ihr beherrschte Land einladen sollte. Engel, die ja nicht die Hellste war, stimmte begeistert zu. So wurde wieder mal nennenswerter Unfug in die Welt gesetzt. Der Black Man allerdings sagte sein Kommen sofort zu, war ihm doch daran gelegen, sich auf das Heftigste mit diesem sonderbaren Bier, das die Leute in Kakofonien Weißbier nannten, zu versorgen. Nicht zuletzt der Spruch „Trinke weißes Bier, dann steht er dir" veranlasste ihn zu höchster Ehrerbietung für diesen köstlichen Tropfen. Das Volk erschien dann auch wie erhofft zahlreich zu dieser Veranstaltung unter weißblauem Himmel, um den politischen Göttern zu huldigen. Black Man soff, bis ihm schlecht wurde. Bedauerlicher Weise schaffte er es nicht bis in die Toilette des Gasthauses, sondern entleerte sich in dessen Küche. Hätten nicht seine zahlreichen Bodyguards eingegriffen, so hätte ihn der eingewanderte Vier-Sterne-Koch zu einem Schokoladekuchen oder Blutwurst verarbeitet. Die einheimische Bevölkerung hingegen brachte ihm uneingeschränkten Respekt für die gezeigte Leistung entgegen. Dann war das Spektakel vorbei. Die Polit-Götter erhielten wertvolle Sachgeschenke als Gegenleistung für ihr Kommen und sagten dem wundervollen und reichen Kakofonien Adieu.

„Mein lieber Engel", äußerte sich der Black Man, bevor er wieder seinen mit Abwehr-Nuklearwaffen gespickten Aeroplan bestieg, „meine liebe Aabidah, hast du auch alles erfüllt, was ich dir aufgetragen hatte?"

„Oh, ja, selbstverständlich, mein verehrter Gebieter. Ich bin gleich beim Kalifen des Morgenlandes vorstellig geworden und er hat meine Aufnahme in die einzig wahre Glaubensgemeinschaft besiegelt. Ich erhielt endgültig den Namen Aabidah, die Anbeterin der omnipotenten Schwarzen Kreatur. Ich schwöre, diesem meinem Namen solange ich lebe gerecht zu werden."

„Nun, dann wird es nur noch wenige Jahre dauern, bis wir dich als Kaiserin auf den Thron deines Weltteils setzen werden",

versprach ihr mit tiefer Stimme der Liebhaber des weißen Gerstensaftes. Sodann schloss sich die Flugzeugtür hinter ihm. Ihn selbst zog es wie mit einem magischen Band zu seinem Sessel, wo schon einige gekühlte Pullen des begehrten Bieres darauf warteten, gezischt zu werden. Dunkler heißer Rauch fauchte aus den sechs mächtigen Triebwerken des Aeroplans, als er größtmöglich beschleunigt wurde und pfeilschnell in den Himmel gen Ameristan entschwand.

Engel war begierig zu erfahren, was die Medien dem Volk als Ergebnis dieses Ereignisses verkünden würden, Doch siehe da, während die Mehrheit der Rammel und Hammel alles vorgekaute nur brav schluckte, erhoben sich immer mehr rebellische Stimmen, welche sich oftmals auch wutentbrannt über Engels Politik echauffierten. Dieses nörglerische Pack hat mich doch nicht verdient, ich werde das ignorieren, dachte sich Engel und ließ es damit zunächst gut sein. Doch da täuschte sie sich in sich selbst. Ignorieren widerstrebte ihr enorm. Sie war es gewohnt und erwartete Unterwerfung, ja, forderte diese von ihren Untertanen ohne Wenn und Aber ein. Sie würde mehr auf ihre Kumpanin Lilith hören müssen. Lilith hatte zwar einen esoterischen Namen, war jedoch nichtsdestoweniger knochenhart und Engel bis in den Tod ergeben. Allerdings erwartete sie dies andererseits auch von Engel ihr gegenüber. Sie war Sekretärin, Büroleiterin und Vertraute, eben das Mädchen für alles. Vor allem besonders delikate, kriminelle und geheime Aufträge erledigte sie professionell und unauffällig. Jetzt fiel es Engel wieder siedend heiß ein, Lilith hatte sie schon mehrmals vor gewissen Entwicklungen draußen im Lande gewarnt. Doch die Präsidentin und Generaldirektorin von Kakofonien war beduselt von der Machtvollkommenheit und geistig gefangen wie in einem Kokon. Die einst blühenden Landschaften begannen zu verwelken, doch das erkannte sie nicht, weil sie sich zunehmend von der Realität entfernte. Aufgefallen war ihr sehr wohl, dass die sogenannten Parteien ständig mehr Einfluss haben wollten, was die Bevormundung der Bürger und deren finanzielle Plünderung betraf. Aber sie konnte sich die Parteien nicht zum Feind machen, musste denen zumindest ein Zuckerl geben, brauchte sie sie doch als Steigbügelhalter für ihren Aufstieg zur Kaiserin des Weltteils, das sie dann das Vierte Reich nennen wollte. Tüchtig hatte sie überdies schon vorgearbeitet, die anderen Länder des Weltteils zusammen zu führen. Es war ihr gelungen, die Führer dieser Länder zu übertölpeln, indem ihr die Gründung eines Rats der Union gelang, dessen Vorsitz natürlich ihr oblag. Bei der Umsetzung dieses Plans hatte sich Lilith auf das vortrefflichste bewährt, als es darum ging deren Leader für ihre Idee durch spektakuläre Bakschisch Zahlungen einzunehmen. Jetzt fühlte diese einen gewissen Groll gegen ihre Busenfreundin in sich aufsteigen. Selbstverständlich arbeitete sie gerne im Hintergrund, von wo aus sich trefflich Intrigen spinnen ließen. Schon so mancher Macho-Politiker hatte es bitter bereut, ihre Macht unterschätzt zu haben. Aber einmal von ihr abgeschossen, bekam niemand eine zweite Chance. Ihr Groll richtete sich gegen ihr Engelchen, wie sie die Führerin intim nannte. Darin waren sich die beiden einig, dass sie niemals öffentlich ihre Vertrautheit zu erkennen geben würden. Lili, wie sie von Engelchen genannt wurde, sah sich gezwungen, ein Exempel zu statuieren. Die Gelegenheit dazu bot sich seit geraumer Zeit durch das Heraufziehen dunkler Gewitterwolken über dem Finanzsektor des Landes. Durch die hemmungslose Kreditvergabe an Hinz und Kunz auch für schäbigste Konsumgüter begannen viele Kredite und Darlehen faul zu werden und zu stinken. Engel hatte nur einen sehr begrenzten ökonomischen Verstand, der ihr nicht erlaubte, über den Rand des Finanztellers hinauszusehen. Selbst mit fettem Einkommen bestens versorgt, waren ihr die dem Volk auferlegten Maßstäbe fremd geworden. Das nutzte Lili zu einem Revancheschachzug, indem sie hinter dem Rücken von Engel den übel beleumdeten Hauptchef des größten kakofonischen Finanzinstituts einlud, seinen sechzigsten Geburtstag in einer illustren Runde mit der Präsidentin und Generaldirektorin Engel zu feiern. Dazu stünde die Ruhmeshalle im Herrscherhaus zur Verfügung. Es wurde zwar ein überaus lustiger Abend mit Strömen von Champagne Dom Perignon für die beteiligten Herrschaften, doch die Quittung kam aus dem Volk, das sich mächtig über dieses Verhalten aufregte. Engel war daraufhin einige Zeit verschnupft, nahm sich aber vor, erst dann wieder Orgien zu feiern, wenn sie als Kaiserin inthronisiert worden war.

Frau Präsidentin und Generaldirektorin war aufgewacht. Sie erkannte jetzt wenigstens halbwegs das Ausmaß der Gefahr, die sich hier zusammenbraute. Kleinlaut fragte sie Lili, was jetzt zu tun sei und mit welchen Mitteln das Pack da draußen einigermaßen still zu halten war.

„Das Beste, was du jetzt tun kannst, ist eine öffentliche Erklärung abzugeben, dass der Staat für die Spareinlagen aller Bürger einsteht, wenn Banken oder Sparkassen pleitegehen würden. Je scham- und hemmungsloser du die Leute jetzt anlügst, desto eher werden sie dir glauben und sich beruhigen. Außerdem gib doch den Affen da draußen Zucker, indem du sie veranlasst, bei Verschrottung ihrer alten Blechkarre den Kauf eines neuen Fahrzeugs mit einigen Tausendern zu versüßen. Die sind doch so blöd, dass sie nicht merken und auch nicht wissen wollen, wie ihnen das Geld bloß aus der rechten Hosentasche gezogen und in die linke Tasche gefüllt wird", schlug ihr Lili prompt vor.

Engel war erleichtert und zufrieden, denn der Rat erwies sich als Volltreffer. Allerdings schwelte unter der Oberfläche die Glut weiter. Die Auswertung der Informationen aus einer großen Zahl von Quellen ergab ein erschreckendes Bild. Eigentlich war die ganze Welt pleite. Die Katastrophe konnte nicht grundsätzlich vermieden, sondern lediglich hinausgeschoben werden. Dieses Szenario würde ihre Pläne gefährden, wenn nicht sogar zum Einsturz bringen. Und wieder war es Lili, die den richtigen Einfall hatte.

„Du musst deinen Finanzminister dazu bringen, einen tückischen Plan zu entwickeln, der erfolgreich die Misere vertuscht. Dafür ist der Mann doch bestens geeignet. Erinnerst du dich noch an damals, als er wie ein Zauberer Hunderttausende an Fiatgeld in seiner Schreibtischschublade auftauchen ließ, aber behauptete, nichts damit zu tun zu haben. Und du weißt doch genau, was da gelaufen war. Also lass ihn bei dir antanzen, erpress ihn mit deinem Wissen und du wirst sehen wie er spurt. Ansonsten schmeiß ihn raus."

Tatsächlich dauerte es nicht lange, bis der Herr Finanzgaukler ihr seine ausgearbeiteten Taschenspielertricks unterbreitete. Seine Chefin verstand nur Bahnhof. Lili jedoch begriff sofort den Umfang dieses Katalogs der Gemeinheiten. Es würde unweigerlich zum Untergang jeglichen Vermögens und aller Werte führen. Unter dem Strich bedeutete es, die Schulden als solche ins Unendliche aufzublähen. Was heute eine Million darstellte, würde morgen eine Milliarde und übermorgen eine Billion sein. Was spielten denn die vielen Nullen, die zu gegebener Zeit hinten angehängt wurden, schon für eine Rolle? Die Menschen würden sich einfach daran gewöhnen müssen. Und es auch tun. Irgendwann würde auch dieses System platzen – doch bis dahin ließ es sich trefflich leben. Ja, und einmal losgelassen, heißassa, waren dem Erfindungsreichtum dieser Finanzkanaille keine Grenzen mehr gesetzt. Rettungsschirme nannten sie es sowohl in

Kakofonien als auch in diesem merkwürdigen Unionsrat. Das sollte nach außen hin für die Doofen kaschieren, dass es sich um eine reine Betrugsmethode handelte. Engel hingegen und ihre Spezies im In-und Ausland waren in höchstem Maße zufrieden, ließ ihnen dieses System von nun an alle Freiheit Kredite in jeder Form und Größenordnung herbeizuzaubern, sie nach freiem Gutdünken zu verteilen oder zu verschenken und sie so auszugestalten, dass sie im Jahr zehntausend oder auch nie mehr zurückgezahlt werden mussten. Das Paradies hatte sich aufgetan. Aber nicht für jedermann. Der gemeine Mensch hing nach wie vor an der Kandare der Finanz-und Staatsmafia. Die Propagandamaschinerie hatte verbal sinn- und maßlos auf ihn eingeprügelt und ihm damit eingebläut, dass nur Arbeit heilig sei. Arbeitslose wurden Buschkleppern gleichgestellt. Sie fühlten sich bald Armesündern gleich und nahmen lieber Jobs an, bei denen sie in der Stunde so wenig verdienten, dass sie zwei, drei und sogar vier Tätigkeiten verrichten mussten, um über die Runden zu kommen und wenigstens Essen und Miete bezahlen zu können. Engel und ihren Spießgesellen war das egal, selbst ging es ihnen blendend. Sie wussten nicht wohin mit dem vielen Geld, das unablässig in ihre Taschen strömte. Letztlich waren doch die Leute selbst schuld an ihrem Zustand. Manövriermasse waren sie, mehr nicht. Im Grunde hatte sich seit Jahrtausenden nichts geändert. Wir wenigen da oben – ihr vielen da unten. Und daran durfte auch nicht gerüttelt werden.

Verfluchter Stress, dachte sich Engel, ich muss ein paar Tage raus. Ich brauche Nachschub. Aber wo finde ich ihn, ohne dass es jemandem aus meinem Umfeld auffällt? Allein der Gedanke an das bevorstehende Labsal löste einen vibrierenden Adrenalinstoß in ihrem faltig werdenden Körper aus. Jetzt gab es kein Zurück mehr, es pressierte und zwar mächtig. Hellary fiel ihr ein, drüben im weiten Land. Diese hatte ihr die Geheimnummer eines ihrer Mobiltelefone gegeben, falls Engel mal Bedarf an Frischfleisch hatte. Na, also, das war doch die Lösung. Helly, wie sie von ihren besonderen Freunden inbrünstig genannt wurde, würde ihr sicher helfen können. Und dem war auch so. Schon am nächsten Morgen wurde geliefert. In einem schwarz lackierten Kleintransporter mit der Aufschrift eines Bestattungsunternehmens befand sich in einer stattlichen hölzernen Kiste das Opfer, weiblich, sechs Jahre alt, blond, mit einem Aussehen wie ein Engel. Engel fiel heißhungrig über das köstliche Geschenk her. Danach fühlte sie sich ungemein erleichtert. Ihr Bedürfnis nach einem Kurzurlaub war geschwunden. Das war auch gut so, denn der Trottel von Kriegsminister hatte sich als veritabler Fälscher persönlicher Dokumente erwiesen. Findige Journalisten fanden es heraus und machten es unter beträchtlichem medialem Getöse publik. Da half auch ihr Einsatz für den Einfaltspinsel nicht, er musste wohl oder übel auf seinen Posten verzichten.

Wer kam nun als Nachfolger in Frage? Jemand, der das Kriegshandwerk wie der Hauptgeneral verstand, wäre schon geeignet gewesen. Aber sie traute diesem Burschen nicht, im Fall des Falles würde sich dieser womöglich gegen sie wenden. Dann hätte sie den Dreck im Schachterl. Nun stand allerdings in diesen Tagen die sogenannte Hauptversammlung an, anlässlich derer sie ihre wichtigsten Paladine um sich versammelte, um mit ihnen die aktuelle Situation in diesem ihrem Lande zu besprechen. Das Gequatsche dieser Typen ließ sie zwar weitgehend kalt, aber es kamen regelmäßig einige interessante Informationen dabei heraus. Dieses Mal tat sich eine Frau ziemlich hervor. Der Leierkasten wurde sie intern mit ihrem Spitznamen genannt, weil sie brav alles wie ein Leierkasten wiedergab, was man ihr vorher eingetrichtert hatte. Adolfine von Hinten, wie sie mit ihrem Edelnamen hieß, kam aus gediegenem Hause, wollte eine berühmte Ärztin werden, schaffte jedoch dann das Studium nicht und wurde daraufhin wenigstens berüchtigte Hauptschwester in einem namhaften Klinikum. Dort kommandierte und schikanierte sie nicht nur die Schwesternschaft herum, sondern auch die Patienten. Dies ging solange gut, bis die Leitung des Krankenhauses dieser Praxis leid wurde und man sie hochkantig hinauswarf. Lange Zeit war sie darüber hochgradig beleidigt. Doch dann öffnete sich durch Zufall die richtige Tür dorthin, wo sie eigentlich hingehörte: Sie schlug die politische Laufbahn ein. Wie allen auf diesem Feld bemühten Versagern gelang es auch ihr, zügig eine gut honorierte Schmarotzerposition zu ergattern. Hm, hm, dachte Engel, diese Xanthippe könnte sich für den Schleudersitz-Job eignen. Die Kriegsverwaltungsbehörde hatte nur Eigeninteressen dergestalt, dass sich deren leitende Mitarbeiter durch die Beschaffung von Kriegsgerät einen goldenen Zahn verdienen wollten und die Generalität der Kriegswehr bestand größtenteils aus Luschen, die sich bestimmt ohne weiteres von einer solchen Frau herumschubsen ließen. Ja, diese Person erwies sich als Idealbesetzung für diese Tätigkeit. Sollte sie wider Erwarten nämlich nicht nach der Pfeife von Engel tanzen, würde diese sie leicht und locker feuern können. Engel gluckste vor Freude über ihren Einfall. Jetzt würde sie nur noch Lili nach ihrer Meinung befragen. Sollte auch diese zustimmen, stünde der Ernennung Adolfines nicht mehr im Wege. Wieder ein Problem gelöst. Befriedigt beendigte sie den offiziellen Teil der Hauptversammlung. Man ging über zur Alkoholorgie und ließ sich bei passender musikalischer Untermalung von einer heißen Bauchtanztruppe unterhalten. Lili beglückwünschte sie zu ihrer Auswahl. Wieder ein Mosaikstein, der perfekt ihren Plan ergänzte. Diese Stümperin würde ganz vorzüglich in die politische Gruselkiste passen. Am nächsten Tag ließ Engel die Krankenschwester Adolfine bei sich antanzen. Diese war sehr gespannt, was die Chefin wohl von ihr wollte. Ein mittelschweres Darmgrimmen begleitete sie, als sie das zweihundert

Quadratmeter messende Bürorefugium betrat. Engel setzte ihr berüchtigtes Ich-liebe-Dich-Lächeln auf und verkündete ihren Entschluss. Adolfine war erleichtert und begeistert. Spontan fiel sie vor Engel auf die Knie, nahm deren Hand und küsste sie. Sie hatte diese Geste der Unterwürfigkeit beim Führer einer sich religiös nennenden Sekte gesehen und hielt sie auch in ihrem Fall für angemessen. Dabei fiel ihr auf, welch ungepflegte Hand die Führerin doch hatte und nach Zwiebel roch. Lili im Hintergrund leistete sich ein süffisantes Grinsen. Adolfine war selig. Sie segelte durch die heiligen Hallen hinüber in ihren neuen Herrschaftsbereich. Der Pförtner war bereits unterrichtet worden, öffnete ihr katzbuckelnd die Tür und wies ihr den Weg zu ihrem Büro. Um ein Haar wäre sie auf der Treppe ausgerutscht, soviel Schleim sonderte die dort angetretene Belegschaft ab. Großzügig drückte sie dem Pförtner einen Zehner in die Hand, was dieser mit einer tiefen Verbeugung quittierte. In ihrem Büro angekommen, setzte sie sich in den dick gepolsterten, jedoch schon ziemlich verschlissenen Ledersessel mit der hohen Rückenlehne, in dem sie fast verschwand, legte ihre Füße auf den stählernen Schreibtisch und versank in martialischen Träumen. Welche Wonne, welche Lust, überwältigten sie schlagartig. Plötzlich Herrin über ein ganzes Heer von Männern zu sein trieb ihren Testosteronspiegel in astronomische Höhen. Als unmittelbare Folge dieses Hormonstoßes begann sich sogar die Intimbehaarung in ihrem Untergeschoß aufrecht hinzustellen. Dem musste unverzüglich abgeholfen werden. Sie zitierte sofort einen dieser kräftigen jungen Soldaten, die vor der Tür Wache hielten, zu sich um ihn deftig zu gebrauchen, was zur Beruhigung ihres aufgepeitschten Zustandes führte. Nun bedurfte sie eines schwachen Stündchens Schlaf, bevor sie daran ging, einen trefflichen Plan zur Reform der Truppe auszutüfteln.

Und es geschah unverhofft ein gewaltiges Unglück. Es war eine Warnung, die Mutter Erde den Menschen zuteilwerden ließ, indem sie in einem fernen Kontinent ein gewaltiges Erdbeben am Meeresboden mit einem verheerenden Tsunami im Gefolge entstehen ließ, der an der Küste alles mit sich riss und zerstörte. Darunter befand sich auch ein Atomkraftwerk, das den dort dringend benötigten Strom produzierte. Die Kernschmelze trat ein und vergiftete im weiten Umkreis Land und Leute durch das Austreten radioaktiver Stoffe. Engel rotierte im Panikmodus, denn auch hierzulande befanden sich etliche dieser Kraftwerke. Was, wenn es auch hier zu einem Erdbeben kam, wenn auch kleineren Umfangs? Das ekelhafte Volk würde doch sofort ihr die Schuld daran geben. Nach Rücksprache mit Lili beschloss sie im Alleingang den Ausstieg aus dem Atomprogramm. Die davon betroffene Energiewirtschaft heulte scheinheilig auf. Denn es war klar, dass der daraus entstehende Schaden von den bürgerlichen Mäh-Schafen bezahlt werden musste. Ein Bauernopfer brauchte sie aber noch. Das fand sich im für die Umwelt zuständigen Minister, einem unfähigen Schönling, der rumheulte, als er gefeuert wurde. Lili rieb sich die Hände; sie hatte diesen menschlichen Schmierlappen noch nie gemocht. Aber dann kam es knüppeldick für Engel. Peinlich, peinlich... Der Black Man hatte schon seit vielen Jahren Engels Mobiltelefon und damit alle ihre geführten Gespräche von seinem geheimen Geheimdienst überwachen lassen. Er wusste also alles über Engel. Die medialen Wogen in Kakofonien gingen hoch. Sie faselten etwas von Verletzung der Souveränität eines befreundeten Landes und so weiter. Engel war stocksauer. Stinkig rief sie drüben in der Kommandozentrale an und verlangte sofort den Black Man zu sprechen. Man sagte ihr, er wäre auf Besuch in einem Heim für geschundene Kriegsveteranen und würde später zurückrufen. Kaum war das Gespräch beendet, prusteten der Black Man und seine versammelte Mannschaft los. Auch seine anwesende Gemahlin konnte sich vor lauter kreischendem Lachen nicht mehr einkriegen.

„Schau an", meinte der Black Man, „die Alte ist doch nicht ganz so behämmert, wie sie auf den ersten Blick erscheint."

Er blinzelte seiner Black Beauty zu, die natürlich in den monumentalen Plan eingeweiht war.

„Da müssen doch die Idioten unserer Botschaft nicht dicht gehalten haben. Macht euch sofort an die Aufdeckung des Maulwurfs", wies er den Geheimdienstchef an.

Er grummelte weiter vor sich hin.

„Wir investieren doch nicht eine Milliarde in den Bau des neuen Botschaftsgebäudes mit seiner neuesten Abhörtechnik, wenn das dann absolut nicht funktioniert. Ich befehle, dass alle Verräter still und leise umzulegen sind."

Zustimmendes Gemurmel in der Runde bestätigte seine Anweisung. Zwei Stunden später erhielt Engel den dringend erwarteten Rückruf aus Ameristan. Kühl watschte er Engel verbal ab.

„Was glaubst du denn, wer du bist, du dämliche Henne. Wenn dir etwas nicht passt, so kann ich auch anders. Du weißt doch, was auf dem Spiel steht."

„Ich meinte ja nur...", stammelte Engel in den Telefonhörer.

„Du hast nicht zu meinen, du hast zu parieren!" tönte es hart aus dem Telefonhörer.

Mit diesen Worten beendete er das einseitige Telefonat. Engel war an diesem Tag nicht mehr ansprechbar. Lili hingegen hatte den Ausgang des Gesprächs genauso erwartet. Sie machte sich wieder einmal ihre sehr privaten Gedanken.

III.

Albträume suchten Lilith verstärkt heim. Der Berg an Sorgen wuchs. Ihr machte das zunehmend irrationale Verhalten von Engel zu schaffen. Diese veränderte sich von Tag zu Tag und das nicht zu ihrem Vorteil. Bockig und unzugänglich für guten, vernünftigen Rat wurde sie. Ihr Verhalten und ihre Taten legten sich wie Blei über das Land und begannen die Menschen zu ersticken. Sie war zweifellos überfordert, wollte das aber nicht erkennen. Im Gegenteil, hatte sie zunächst nach der Methode der drei berühmten Affen von Nikko, nichts Böses oder Schlechtes zu sprechen, zu hören oder zu sehen, gehandelt um die Realität auszublenden, so ging sie der Einfachheit halber dazu über, die EW-Methode nämlich Einfach Wegschauen anzuwenden. Lili hingegen war eine weitgehend logisch denkende Frau und sah eine Entwicklung, die nicht gutgehen konnte. Eines Tages lernte sie Eulalia, eine Wahrsagerin kennen. Obwohl sie nur wenig von Wahrsagen oder astrologischen Aussagen hielt, fühlte sie sich zu dieser Person ungemein hingezogen. Es war, als wollte das Schicksal sagen, lass dich ruhig mit ihr ein, du wirst einen Blick in die Zukunft tun dürfen. Lili traf sich mit Eulalia an einem regnerischen Sonntag in deren üppig mit allerlei Voodoo-Püppchen garnierten Wohnung. Eulalia sah nach dem ersten Blick in Liliths linke Hand bestürzt auf.

„Was ist, was siehst, was erkennst du?", fragte bestürzt Lili.

Auf diese hastige Frage holte Eulalia tief Luft.

„Du wirst dich ab jetzt sehr vorsehen müssen in dem, wie du handelst und mit welchen Menschen du dich abgibst. Über dir schwebt bereits eine dunkle Wolke, die, wenn du nicht aufpasst, auch dich vernichten wird", antwortete Eulalia.

Lili lief es kalt über den Rücken. In ihren Albträumen war immer wieder eine solche Wolke erschienen, gefolgt von schrecklichen Gewitterstürmen. Mehr wollte Eulalia auch auf Liliths Drängen hin dazu nicht sagen, es war, als hätte sie Angst über die Folgen zu sprechen. Das war ein mageres Ergebnis des Besuchs. Lili beschloss dennoch, auf

diesen Hinweis zu achten; sie hatte schließlich keine Lust an ihrem vorzeitigen Untergang. Sie würde sich noch mehr als bisher
in Acht nehmen und kritisch nachdenken,
welche Auswirkungen ihr Tun haben könnte. Es hängt bestimmt mit dieser alten Vet-
tel, der Engel zusammen, ließ sich ihre innere Stimme vernehmen. Erstaunt über dieses Schimpfwort im Zusammenhang mit
Engel bemerkte sie den Beginn eines Sin-
neswandels, was ihr Verhältnis zu dieser
betraf. Ich werde meine Beziehung in den
nächsten Tagen mal gründlich auf den Prüf-
stand stellen müssen, lautete ihr Beschluss.
Zu lange habe ich zu allem ja und amen
gesagt und mich in alle möglichen Schand-
taten hineinziehen lassen, ohne sie zuerst
gründlich zu hinterfragen. Wenn wirklich
etwas schief geht, hänge ich womöglich mit
am Galgen, denn keiner wird mir letzten
Endes glauben, dass ich unschuldig bin.

Engel erwachte aus ihrem Traum gegen drei
Uhr früh. Ein glorreicher   Gedanke hatte
sich in ihrem Gehirn festgesetzt. Ein Gedanke von titanischer Größe. Auf dem Weg
zu einer von ihr zukünftig beherrschten glo-
balen Welt erschien es ihr unumgänglich,
zunächst vor der eigenen Haustür mit Maß-

nahmen (sie schätzte diesen Begriff) anzu-
fangen, was bedeutete, die derzeitige Anzahl
der menschlichen Ameisen binnen kurzem
zu verdoppeln. Doch woher nehmen, wenn
nicht stehlen? Und da blitzte die Erkenntnis
in ihrer Rübe auf, dass nichts leichter als
das sein würde. Ihrer Propaganda-und
Volksverblödungsmaschinerie würde sie
unverzüglich den Befehl erteilen, ein Werbe-
bild mit einem dunkel eingefärbten jungen
Mann in trauter Anschmiegsamkeit anzufer-
tigen, und dieses Bild weltweit zu verteilen.

Darunter sollte stehen:

Ich liebe euch doch alle – vor allem eure
Herzen.

Also strömet herbei, ihr Mühsal Beladenen.
Wir wissen mit unserem Geld, das eh nichts
wert ist, sowieso nicht, wohin damit. Wir
werden es euch dankbar in eure Rosetten
schieben.

Anschließend ließ sie sich mit dem Black
Man verbinden, um ihm glückselig von ihrem machtvollen Plan zu berichten, welcher
mit Wohlwollen aufgenommen wurde. Nun
hatte sie bei ihm wieder einige Punkte gut-

gemacht. Ein schlechtes Gefühl befiel sie allerdings bei dem Gedanken, was wohl Lili zu dem allem sagen würde. In der letzten Zeit war sie Engel gegenüber deutlich zurückhaltender geworden. Ach was, ob es dieser nun passte oder nicht, sie war doch die zukünftige Kaiserin und Lili durfte glücklich sein und sich dankbar zeigen, überhaupt an ihrer Seite die Welt zu erobern. Wie lächerlich klein und schäbig waren doch gegen ihre Visionen die vergangenen Reiche gewesen. Das unter ihrer Herrschaft entstehende Vierte Reich würde alle an Glanz und Macht übertreffen. Sie würde gottgleich sein. Berauscht von dieser Aussicht ließ sie sich zum Frühstück einen ganzen Goldbroiler mit Kartoffelpampe auftischen, was sie auch vollständig zusammen mit einem Liter Blümchenkaffee verzehrte. In ihrem Büro angekommen, informierte Lili sie, dass Adolfine um eine baldige Audienz bat. Guter Laune, wie Engel sich heute fühlte, ließ sie sie gegen Mittag vor. Sie hatte Lili beauftragt, eine Schüssel dieser merkwürdigen weißen Würste nebst weißem Bier und Brezeln zu kredenzen. Ihr im Süden der Republik residierender Paladin, der den Spitznamen Dampfplauderer trug, hatte ihr dieses Ergebenheitsgeschenk zukommen lassen. Sie selbst mochte das Zeug nicht besonders, da traf es sich gut, dass sie Adolfine damit traktieren konnte. Diese hatte noch nicht gefrühstückt, sodass sie mit einem Wolfshunger über die dargebotenen Wurstzipfel herfiel. Gesättigt trug sie Engel ihre Wünsche vor, die da lauteten, Engel möge sie erstens zur Generalfeldmarschallin machen und ihr zweitens gestatten, in die Armee auch Frauen zu integrieren, damit die Soldaten im Felde nicht gewisser Liebesdienste entsagen müssten. Das Misstrauen erwachte in Engel. Was bezweckte die Kriegsministerin mit ihren Wünschen? Engel war die Oberbefehlshaberin der Streitkräfte. Sollte sie Adolfine so hoch hinauf befördern, könnte mit ihr natürlich eine Gegenkraft zur Oberbefehlshaberin entstehen. Und wenn die Kommissköpfe sogar ihre niederen Triebe während einer Schlacht ausleben durften, würde das unweigerlich dazu führen, dass sie der Generalfeldmarschallin mehr Sympathie und damit Gehorsam entgegenbringen würden als ihr. Dumm nur, dass sie sich nicht unverzüglich mit Lili besprechen

konnte. Diese hatte den Raum verlassen, um einer Konferenz sich wichtig nehmender Laberer beizuwohnen. Also, was tun? Im

Zweifel war es besser, solchen Ansinnen aus dem Weg zu gehen, was sie auch prompt tat. Eine massive Welle der Wut flutete durch Adolfines Nervenbahnen. Sie hatte sich das alles so schön ausgedacht und nun das. Fast war sie versucht, die Bürotür mit einem lauten Knall hinter sich zu schließen. Doch Vorsicht! Die miese Alte konnte das unausgesprochen als Rücktrittsgesuch auffassen und entsprechend handeln. Nein, sie würde das schlucken, aber auf ihre Chance, die zweifellos noch kommen würde, warten und diese dann mit aller Konsequenz wahrnehmen. Lili war nicht entgangen, dass Engel einen groben Schnitzer mit der harschen Ablehnung der Wünsche von Adolfine begangen hatte. Wenn auch nicht Feindschaft zwischen den beiden entstanden war, so hatte Engel doch unzweifelhaft eine Verbündete verloren, was sich rächen sollte. Sie kannte und hatte für von ihr beschrittene politische Wege keine Alternativen mehr und geriet nun zwischen die allgemeinen Mühlsteine in dieser Welt. Sogar der großmäulige Kalif mischte sich von Ferne dreist in das tägliche Leben in Kakofonien ein, und hetzte seine bisher eingewanderten Sektengläubigen gegen die Einheimischen auf. Er drohte offen damit, ihre Kaiserin-Pläne zu sabotieren, was sie dazu veranlasste, auf der Stelle den Black Man um Unterstützung zu ersuchen. Gelassen hörte er sich ihr Geheule an, um anschließend ultimative Anweisungen an ausgewählte ausländische Stellen zu erteilen.

Unruhe breitete sich draußen bei den Menschen im Land aus. Engels vergiftete Saat ging auf. Dort, wo ein erheblicher Teil der Kakofonier Urlaub zu machen pflegte, waren Invasoren aus Ländern des Morgenlandes eingefallen. Sie verlangten bestes Essen, Qualitätstextilien von bekannten Markenherstellern und gepflegte Unterkünfte in Hotels, bevor sie, zahlenmäßig einem Heeresverband entsprechend, ins goldene Abendland weiterziehen würden. Heimkehrende Urlauber berichteten verstört von der bevorstehenden Attacke auf die kakofonische Behaglichkeit. Denn dass sich der Strom der Eroberer primär nach Kakofonien bewegen würde, war außer den Doofen im Lande allen anderen klar, weil hier Milch und Honig flossen. Alles, was das Herz begehrte, würde den Neuankömmlingen hinten und vorne, oben und unten reingeschoben werden. Sogar gierig nach geschlechtlicher Befriedigung lechzende Weiber ohne Zahl

74

würden verfügbar sein. Die Ankunft im Paradies eben. Engels Botschaft war angekommen. Aber nur bei den Menschen im Morgenland. Von dort machte sich jedoch vor allem der Teil ins gesegnete kakofonische Land auf, welcher mit Recht und Gesetz nichts am Hut hatte. Sie vertraten die Meinung, dass die Menschen, die schon länger dort wohnten, zur Vertreibung bestimmt seien. So kam es denn, wie befürchtet, dass sich ein unablässiger Schwall an Invasoren in die blühenden Landschaften ergoss und sich wie Zecken festsetzte. Während Engel vertieft die Methode Wegschauen anwandte, suchte ihr Finanzakrobat fieberhaft nach Möglichkeiten, das anstehende finanzielle Desaster zu bewältigen, ohne gleich denen, die so dumm waren zu arbeiten, die ohnehin ruchlose Steuerlast zu erhöhen. Schließlich drohten die Invasoren unverblümt mit Mord, Totschlag und Vergewaltigung der minderwertigen einheimischen Weiber, sollten ihre Forderungen nicht prompt erfüllt werden. Um der Ernsthaftigkeit ihrer Drohung Nachdruck zu verleihen, statuierten sie gleich Exempel in großer Anzahl. Ein kleines Zweifelchen schlich sich in Engels Gedankenwelt. Was, wenn die Ausführung ihres genialen Plans auf unerwartete Schwierigkeiten stoßen würde? Da musste ein Plan B her, das war sicherer. Und den lieferte ihr das geistig minderbemittelte Volk kostenlos per Haus durch aufkommende Stimmen, welche einen Bürgerkrieg heraufziehen sahen. Ja, das war doch die Lösung! Ein Bürgerkrieg musste zu gegebener Zeit inszeniert werden. Dann würde dem Pack schon das Meckern vergehen. Und Engel konnte mit ihrer verfassungswidrigen Praxis erst recht weitermachen und im Zuge dessen die unleidlichen Kritiker ihrer Politik tot oder lebendig zum Verstummen bringen. Sie war von sich selbst hoch auf begeistert. Sollte sie diesen Plan mit Lili besprechen? Es blieb ihr wohl nichts anderes übrig, denn gewisse Vorbereitungen waren unumgänglich und Lili war aufmerksam, sie würde den Braten natürlich riechen. Lilith hörte sich Engels Vorschlag mit unbeweglicher Miene an. Ja, meinte sie anschließend erregt, das ist ein perfekter Plan mit historischer Dimension. Engel zeigte sich sehr zufrieden mit dieser Antwort und bot Lili Kath-Tee an, dessen Blätter ihr regelmäßig durch Kuriere des Kalifen zugestellt wurden. Gezwungenermaßen nahm Lili einen kleinen Schluck von dem Gebräu. Engel bevorzugte es hingegen,

einen oder auch mehrere Ballon Lösungs-
mittel zu schnüffeln. Sie hatte zwar gelesen,
dass durch das Einatmen Nervenzellen im
Gehirn zerstört würden und sich die Persön-
lichkeit auffällig verändern würde, aber für
sie würde das keinesfalls zutreffen, ansonsten sie das schon längst bemerkt hätte. Leise kicherte sie bei dem Gedanken, wie wohl
tuend sich schon in den nächsten Minuten
der Inhalt des ersten Ballons in ihrem Körper und Geist auswirken würde. Lili hingegen war in ihrem tiefsten Inneren erschüt-
tert. Ja, sie gestand sich ein, korrupt zu
sein, auch absolut rücksichtslos, aber der
Besuch bei der Wahrsagerin hatte sie ver-
unsichert. So wie bisher durfte sie nicht
weitermachen. Und was ihr da aktuell von
Engel geboten wurde, war nicht mehr ak-
zeptabel, das konnte nicht gutgehen. Die
Geschichte berichtete von einem Reichsfüh-
rer, der ebenfalls den Bogen überspannt
hatte und sein Volk und sich selbst in den
höllischen Abgrund gerissen hatte. Nun,
was sollte sie tun? Im Moment konnte sie
gar nichts bewegen. Sie musste abwarten
und während dieser Zeit einen eigenen Plan
entwickeln, um die Katastrophe zu verhin-
dern oder zumindest abzumildern.

Es kam tatsächlich so, wie es von der Vorsehung bestimmt war. Die Goldsucher fanden im stinkreichen kakofonischen Imperium augenblicklich die sozialen Goldadern, die zu plündern sie sich vorgenommen hatten. Einmal angekommen im Eldorado der Schönen und Reichen, konnten sich die Invasoren endlich wieder mehr als sattessen, wurde ihnen all das auf dem Silbertablett serviert, was sie verlangten. Lediglich Erdäpfel verschmähten sie, doch schon ein Wort genügte und sie erhielten spezielle Menüs nach ihrem Gusto. Lediglich der Willfährigkeit kakofonischer Frauen gründlich nachzuhelfen sahen sich vor allem die jungen, bullenstarken Männer gezwungen. Was sollten sie auch anderes tun, wenn ihr Blut förmlich überkochte und nach Erleichterung schrie. Die Puten würden die Beglückung schon noch zu schätzen wissen. Engel hatte verfügt, dass jeder der widerrechtlich ins Land Eingedrungenen als willkommener Gast zu behandeln sei. Die Bauwirtschaft wurde aufgefordert, mit Volldampf neue Häuser und Wohnungen, ausgestattet mit hochwertigen Kücheneinrichtungen, zu errichten. Kosten spielten keine Rolle. Die Bauträger jubelten, konnten sie doch dadurch schamlose Preise verlangen, die anstandslos bezahlt wurden. Mehr und mehr Gäste folgten Engels Einladung und begannen, Areas einzurichten, dessen Betreten nur den Neubürgern erlaubt war. Unmut verbreitete sich im Land, als die Neubürger kontinuierlich diejenigen, die schon länger hier lebten mit der Schärfe von Messern oder anderen Küchengeräten wie Äxten oder dem Knall von Pistolen oder der Beseitigungskraft von Lastkraftwagen vertraut machten. Der Staat hatte die Kontrolle vorsätzlich aufgegeben. Das gefiel dem Volksaltbestand nun überhaupt nicht, weshalb die Zahl der Unzufriedenen beständig wuchs. Diese begannen auf die Straße zu gehen, herum zu maulen, Engel zu beschimpfen und, man fasst es nicht, ihr mit Rauswurf aus dem Amt und Umzug in ein eigens für sie zu errichtendes Gebäude zu drohen. Ja, ja, das gute alte Zuchthaus sollte wieder zu Ehren kommen. Täglich meldeten sich Bewerber, welche die Bewachungsaufgaben ehrenamtlich übernehmen wollten. Auch Flagellanten drängte es nach dieser staatstragenden Mission. Lilith hatte lange an einer erfolgreichen Idee getüftelt. Um festzustellen, ob diese auch in der Praxis funktionieren würde, schien es jetzt an der Zeit zu sein, mit einer bestimmten Person offen über die Details zu sprechen. Sie griff zum Handy und wählte eine anonyme Telefonnummer. Die Person am anderen Ende erklärte sich ohne weitere Nachfrage zu einem Treffen unter vier Augen bereit.

Manches Mal erweist sich das Schicksal als ziemlich zickig. So auch jetzt insofern, dass das Volk von Ameristan den Black Man und seine Mischpoke nicht mehr an der Macht sehen wollte und einen betuchten Mann mit einem eindrucksvollen Großmaul als ihren Leithammel auswählten. Als das Ergebnis bekannt wurde, fuhr es Engel in die Knochen. Sie hatte diesen Ausgang fast befürchtet. Sie mochte diesen Typen überhaupt nicht leiden und er verachtete sie ganz einfach, was er bereits mehrere Male öffentlich kundgetan hatte. Ein Anruf beim Black Man brachte sie auch nicht weiter, denn dessen Antwort auf ihre Frage, wie es denn jetzt weitergehen sollte, lautete kurz und bündig:

„Mach unbeirrt weiter wie bisher und wie besprochen."

Na, Bravo, dachte sich Engel. Ab jetzt war sie auf sich allein gestellt. Auf diese Nachricht hin brauche ich dringend was Saftiges zu essen. Sie wusste, dass an diesem Tag der Weltpfadfindertag stattfand und in den Wäldern und Auen rund um die Hauptstadt diese kleinen Nichtsnutze mit dem Bau von Baumhäusern und Indianerspielen wichtigmachten. Das Problem war nur, wie sie sich ihre Beute besorgen konnte. Wölfischer Hunger begann sich in ihren Eingeweiden bemerkbar zu machen. Helly fiel ihr ein. Aber sie traute sich nicht, sie anzurufen. Der Neue, war sie sich sicher, ließ bestimmt ihr Handy überwachen, ebenso wie es der Black Man getan hatte. Diese Schufte waren doch alle gleich. Um ein Haar fing sie zu greinen an. Doch schnell fasste sie sich wieder. Ruf doch die bulligen Männer mit den dunklen Sonnenbrillen und dem Knopf im Ohr an und sprich mit ihnen. Wer weiß, vielleicht geht da etwas. Und ob da was ging.

„Selbstverständlich, Madam, lassen sich Ihre Wünsche erfüllen. Was darf es denn sein?"

Hoch erfreut gab Engel ihre Bestellung auf. „Zwei Portionen, bitte. Einmal ein Jungenherz und einmal ein Mädchenherz, frisch und gut gekühlt an meine Privatadresse."

Frohen Herzens machte Engel an diesem Tag Schluss mit der Arbeit und ließ sich in ihrem Nobeldienstwagen nach Hause chauffieren, wo sie den Salat zum Fleisch vorbereitete. Lili hatte gelauscht. Was sie vernommen hatte, traf sie wie der Faustschlag durch einen Riesen in ihre Magengrube. Schnell rannte sie in die Toilette, wo sie sich mehrmals übergab. Nachdem sie sich einigermaßen von diesem Schock erholt hatte, wählte sie die anonyme Telefonnummer und vereinbarte noch für diesen Abend ein Treffen. Der letzte Akt des Trauerspiels hatte begonnen.

Erschöpft sank Engel in die mit weichem, duftendem Leder überzogenen Polster ihres Dienstwagens.

„Wohin, Chefin?" fragte der Chauffeur beflissen.
„Natürlich in mein Amtsbüro. Und geh es gemütlich an, Martin!", befahl sie ihm.
„Jawohl, Gebieterin", antwortete er unterwürfig.
Engel liebte es, Gebieterin genannt zu werden.

Martin war früher ebenfalls als Politiker rührig gewesen. Doch dann hatte er es übertrieben in seinem Bestreben, das Volk zu prellen, sodass er nach einem jahrelangen Gefängnisaufenthalt froh war, bei Engel als Chauffeur eine Anstellung bekommen zu haben, die ihm die Möglichkeit gab, wenigstens die Miete bezahlen und sein Essen bei den sogenannten Tafeln besorgen zu können. Und Engel stand wieder ein Mensch zur Verfügung, über den sie absolute Herrschaft ausüben konnte.

Die Veranstaltung hatte sich als anstrengender als gedacht erwiesen. Die Genderschlau Universität Reblin hatte eine Namensänderung beschlossen. Zukünftig sollte sie Professor Engel Universität heißen. Während des Festaktes würde der Präsidentin und Generaldirektorin von Kakofonien die Professorenwürde verliehen werden. Der Präsident und die beigeordneten Vizepräsidenten der Universität schwirrten wie Fliegen um Engel während der Zeremonie herum. Engel musste gute Miene zum erbärmlichen Spiel machen. Angesichts des Titels einer angehenden Kaiserin legte sie eigentlich keinen gesteigerten Wert auf die Lobpreisungen einer Universität, zumal sie Ehrendoktorwürden gesammelt hatte wie andere Leute Briefmarken. Nicht mal Champagner, sondern lediglich Riesling-Sekt wurde kredenzt. Wohlschmeckend zwar, aber eben nur Sekt. Nicht angemessen für sie. Nun war sie auf dem Weg in ihr Büro, wo sie sich ein wenig auf ihrer Luxusliege ausstrecken und erholen würde. Lili erwartete sie schon.

„Ich bin jetzt fix und fertig, Lili, heute brauche ich mal wieder eins von diesen besonderen Spritzchen. Du weißt schon, das mit der beruhigenden und hypnotischen Flüssigkeit. Haben wir noch ausreichend Rohmaterial hier?"

„Ah, ja, dessen Name mit O... beginnt", lachte Lili. „Erst vorgestern hat uns der Kalif mit Diplomatenpost ein Kilogramm zukommen lassen, wir sind also bestens versorgt. Wir haben aber ein Problem, der Doktor ist heute nicht erreichbar, wie ich vernommen habe. Wer soll dir das Zeug spritzen? Doch halt, ich weiß jemanden. Adolfine wollte kurz vorbeikommen, um dir zur Professorenwürde zu gratulieren. Sie ist ja gelernte Krankenschwester, sie kann das auf alle

Fälle. Wir müssten sie aber in dein Geheimnis einweihen."

Engel überlegte kurz. Dann siegte die Gier über den Verstand.

„Sag ihr Bescheid, sie soll so schnell wie möglich antanzen, ich muss mir den Stoff reinpfeifen, aber alleine kann ich das nicht bewerkstelligen. Sollte sie auch nur ein Sterbenswörtchen darüber verlieren, mach ich sie fertig, dass sie in keinen Schuhkarton mehr rein passt."

Lili wandte ihr Gesicht ab und grinste zufrieden, denn Adolfine wartete seit Stunden in einem der Besucherzimmer auf ihren Einsatz. Zehn Minuten später erschien Adolfine, gerade als es sich Engel auf ihrer Liege bequem gemacht hatte.

„Lilith hat mir schon gesagt, um was es geht. Kein Problem, das ist eine kleine Sache und gleich erledigt. Zufällig hätte ich noch ein neues Präparat dabei, ein wahres Lebenselixier. Es sorgt für die Verjüngung aller Körperzellen, weil es durch unverzügliche Erneuerung wirkt. Dieses Mittel steht nur hochgestellten Persönlichkeiten zur Verfügung. Es kostet auch immens Geld."

Sofort war Engels Interesse und Neugier geweckt.

„Was interessiert mich Geld, die Kosten übernimmt doch der fügsame Steuerzahler, hahaha. Ich will das Mittelchen ohne Umweg haben."

„Nun, so sei es denn, es ist Ihr Wunsch und Wille, erlauchte Frau", meinte Adolfine, sich an die erlittene frühere Abfuhr deutlich erinnernd.

Engel atmete ruhig und entspannt, weil ja bereits eine beachtliche Portion Opium in ihrem Blutstrom kreiste. Es war soweit für das Finale. Adolfine hatte 500 Milligramm Kaliumchlorid für die intravenöse Verabreichung vorbereitet; die Menge würde auf jeden Fall genügen, um das weitere Schlagen des diabolischen schwarzen Herzens für immer zu beenden. Genüsslich injizierte die ehemalige Krankenschwester das für Engel einzig richtige Heilmittel in die Arterie in ihrer linken Armbeuge. Lili sah fasziniert zu, wie es mit Engel zu Ende ging. Ja, das war das richtige Mittel, Engel auszulöschen, durch Lähmung ihres Herzmuskels. Ein Leben lang hatte sie mörderisch die Herzen von Menschen in jeder Hinsicht missbraucht. Nun vollzog sich an ihr nur das, was gerecht war. Bevor der Herzschlag endgültig aussetzte, entfloh ihrem weit geöffneten Mund ein erstickter Schrei, der in den Seelen der beiden Frauen beängstigendes Grauen auslöste. Dann war es vorbei. Mutter Erde und die gutgesinnten Menschen waren von einem mörderischen Monster befreit.

Sowohl Lilith als auch Adolfine nahmen ihre bereit stehenden, prall gepackten Reisetaschen, eilten zum Flughafen und befanden sich bereits in der Luft auf dem Weg in ein fernes, gerechtes und fürsorgliches Land, als Engel gefunden wurde. In dieses Land hatten die beiden rechtzeitig ihre sämtlichen Vermögenswerte transferiert, sodass sie in Saus und Braus leben konnten. Und wenn sie nicht gestorben sind, dann leben sie noch heute.

Hinweis:

Diese Geschichte ist ein Einzelfall und hat nichts mit Nichts zu tun; sie ist lediglich ein Produkt meiner infamen, jedoch nach Gerechtigkeit lechzenden Fantasie!